UMA VISÃO PÁLIDA DAS COLINAS

KAZUO ISHIGURO

# Uma visão pálida das colinas

*Tradução*
Jorio Dauster

Copyright © 1982 by Kazuo Ishiguro

Proibida a venda em Portugal.

*Grafia atualizada segundo o Acordo Ortográfico da Língua Portuguesa de 1990, que entrou em vigor no Brasil em 2009.*

*Título original*
A Pale View of Hills

*Capa*
Alceu Chiesorin Nunes

*Imagem de capa*
Péchane Sumi-e, tinta-da-china sobre papel, www.pechane.com

*Preparação*
Cristina Yamazaki

*Revisão*
Ana Alvares
Gabriele Fernandes

Dados Internacionais de Catalogação na Publicação (CIP)
(Câmara Brasileira do Livro, SP, Brasil)

Ishiguro, Kazuo
    Uma visão pálida das colinas / Kazuo Ishiguro ; tradução
Jorio Dauster. — 1ª ed. — São Paulo : Companhia das Letras,
2025.

    Título original: A Pale View of Hills.
    ISBN 978-85-359-3994-1

    1. Ficção japonesa 2. Ficção psicológica 3. Mães e filhas
4. Vítimas de suicídio I. Título.

24-227049                                    CDD-895.636

Índice para catálogo sistemático:
1. Ficção : Literatura japonesa 895.636
Tábata Alves da Silva – Bibliotecária – CRB-8/9253

Todos os direitos desta edição reservados à
EDITORA SCHWARCZ S.A.
Rua Bandeira Paulista, 702, cj. 32
04532-002 — São Paulo — SP
Telefone: (11) 3707-3500
www.companhiadasletras.com.br
www.blogdacompanhia.com.br
facebook.com/companhiadasletras
instagram.com/companhiadasletras
x.com/cialetras

PARTE UM

# 1.

Niki, o nome que finalmente demos à minha filha mais moça, não é uma abreviação: foi o resultado de um acerto que acabei fazendo com o pai dela. Porque, paradoxalmente, era ele quem queria lhe dar um nome japonês, e eu — talvez por conta de algum desejo egoísta de não ser lembrada do passado — insistia num nome inglês. Por fim, entramos em acordo que seria Niki, achando que tinha um vago toque oriental.

Ela veio me visitar no começo do ano, em abril, quando os dias ainda eram frios e chuvosos. Talvez planejasse ficar por mais tempo, não sei. Mas minha casa no campo e todo o silêncio que a envolvia deixaram-na nervosa, e não demorou muito para que eu percebesse que ansiava por voltar à sua vida em Londres. Ela ouvia com impaciência meus discos de música clássica, folheava inúmeras revistas. Ao receber as frequentes chamadas telefônicas, atravessava o tapete com passos largos, o corpo magro nas roupas bem justas, nunca esquecendo de fechar a porta às suas costas para que eu não ouvisse a conversa. Foi embora depois de cinco dias.

Só mencionou Keiko no segundo dia. Como era uma manhã cinzenta e de bastante vento, tínhamos puxado as poltronas para mais perto da janela a fim de ver a chuva cair no jardim.

"Você esperava que eu estivesse lá?", perguntou. "Quer dizer, no enterro?"

"Não, acho que não. Realmente não pensei que você iria."

"Fiquei muito abalada quando soube o que tinha acontecido com ela. Quase vim."

"Nunca esperei que viesse."

"Como as pessoas não sabiam o que estava acontecendo comigo, não contei a ninguém", ela disse. "Acho que fiquei com vergonha. Elas não entenderiam mesmo, não compreenderiam o que eu sentia. Todos pensam que as irmãs são sempre muito próximas, não é? É possível até não gostar de uma irmã, e ainda assim ser muito próxima dela. Mas não era o caso. Nem sei que aparência ela tinha nos últimos tempos."

"É, fazia muito tempo que você não a via."

"Só me lembro dela como alguém que costumava me deixar muito infeliz. É o que lembro. Mas fiquei triste quando soube."

Talvez não tenha sido apenas o silêncio que levou minha filha a voltar a Londres. Porque, embora não tivéssemos falado muito sobre a morte de Keiko, ela nunca esteve longe de nós, ficou sempre pairando enquanto conversávamos.

Ao contrário de Niki, Keiko era puramente japonesa, e mais de um jornal fez questão de chamar atenção para esse fato. Os ingleses adoram a ideia de que nossa raça tem um instinto suicida, como se fosse desnecessário outro tipo de explicação, e foi o que noticiaram: ela era japonesa e se enforcara no quarto.


Naquela mesma noite eu estava diante da janela, olhando para a escuridão, quando ouvi Niki dizer atrás de mim: "O que você está pensando agora, mamãe?". Ela estava sentada no canapé, com um livro de bolso sobre o joelho.

"Estava pensando numa pessoa que conheci faz tempo. Uma mulher."

"Alguém que conheceu antes de vir para a Inglaterra?"

"Conheci quando morava em Nagasaki, se é o que você está perguntando." Como ela continuava a me olhar, acrescentei: "Muito tempo atrás. Bem antes de conhecer o seu pai".

A impressão era de que ficara satisfeita e, com um comentário vago, voltou à leitura. De modo geral, Niki é uma filha amorosa. Não viera apenas para ver como eu estava lidando com a morte de Keiko, obedecia a um senso de missão. Como nos últimos anos resolvera admirar certos aspectos do meu passado, viera preparada para me dizer que nada havia mudado, que eu não devia lamentar as escolhas que fizera antes. Em suma, para me fazer entender que eu não era responsável pela morte de Keiko.

Não tenho muita vontade de falar sobre Keiko agora, isso me traz pouco alívio. Só a menciono aqui porque foram essas as circunstâncias que marcaram a visita de Niki em abril, e porque depois de tanto tempo voltei a me recordar de Sachiko. Nunca conheci Sachiko a fundo. Na verdade, nossa amizade se limitara a algumas semanas num verão muito remoto.

Àquela altura, o pior já tinha passado. Os soldados norte-americanos eram numerosos como sempre — pois ainda havia luta na Coreia —, mas em Nagasaki, depois do que acontecera, vivíamos um tempo de calma e alívio. Sentia-se que o mundo estava em mutação.

Meu marido e eu morávamos na parte leste da cidade, de onde seguíamos para o centro num trajeto curto de bonde. Um rio corria ali bem perto, e certa vez me disseram que antes da guerra havia uma pequena aldeia em sua margem. Mas então tinha caído a bomba e, depois disso, só restaram ruínas carbonizadas. Iniciada a reconstrução, foram erguidos quatro prédios de concreto, cada um com cerca de quarenta apartamentos. Dos quatro, nosso bloco fora o último a ser levantado, marcando o término do programa de reconstrução. Entre nós e o rio, existia um vasto terreno baldio, vários hectares de lama seca e valas. Muitos se queixavam de que aquilo constituía um risco à saúde, e na realidade a drenagem era mesmo pavorosa. Durante o ano todo havia crateras com água estagnada. E nos meses de verão os mosquitos eram intoleráveis. De tempos em tempos, viam-se funcionários fazendo medições com passadas regulares ou tomando notas, mas os meses seguintes transcorriam sem que nada fosse feito.

Os moradores dos blocos de apartamento eram muito parecidos conosco — casais jovens, os maridos bem empregados em companhias que estavam em crescimento. Muitos dos apartamentos pertenciam às empresas, que cobravam aluguéis generosos dos funcionários. Eram todos iguais: pequenos, com piso de tatame, banheiros e cozinhas no estilo ocidental. Embora eles fossem bem abafados nos meses mais quentes, a sensação geral entre os moradores era de satisfação. No entanto, lembro-me de que era evidente o ar de aquilo ser algo passageiro, como se todos estivéssemos esperando pelo dia em que nos mudaríamos para um lugar melhor.

Havia uma casinha de madeira que sobrevivera tanto à devastação da guerra como ao buldôzer do governo. Eu podia vê-la da nossa janela, solitária no canto do terreno baldio, praticamente à beira do rio. Era um tipo de chalé bem comum no campo, com um telhado que ia quase até o chão. Muitas vezes, quando não tinha nada para fazer, eu ficava na janela contemplando aquela casa.

A julgar pela atenção dada à chegada de Sachiko, eu não era a única a observar a casinha. Falaram muito das duas mulheres vistas trabalhando lá, certo dia — se seriam ou não empregadas do governo. Mais tarde, disseram que uma mulher e sua filha pequena estavam morando lá, e eu mesma as vi em diversas ocasiões quando atravessavam o terreno cortado por valas.

Foi no começo do verão — nessa época eu estava no meu terceiro ou quarto mês de gravidez — que vi pela primeira vez o grande carro norte-americano, branco e bastante estropiado, seguindo aos solavancos a caminho do rio. Já era quase noite, e o sol se pondo atrás do chalé refletiu por uns instantes no metal da carroceria.

Então, certa tarde, ouvi duas mulheres conversando na parada do bonde a respeito daquela mulher que se mudara para a casa abandonada na beira do rio. Uma contava à outra que, ao se dirigir à tal mulher pela manhã, fora recebida com frieza. Sua companheira concordou que a recém-chegada parecia pouco amistosa — talvez por orgulho. Devia ter uns trinta anos, elas achavam, porque a criança tinha pelo menos dez. A primeira mulher disse que a estranha usara um dialeto de Tóquio e sem dúvida não era de Nagasaki. Discutiram por algum tempo seu "amigo norte-americano", e então a mulher voltou a contar como fora tratada com rispidez naquela manhã.

Não duvido que, entre as mulheres com quem eu então convivia, algumas haviam sofrido muito, carregando consigo recordações tristes e terríveis. Mas, observando-as diariamente, bastante ocupadas com marido e filhos, era difícil acreditar que tivessem vivido as tragédias e os pesadelos dos tempos de guerra. Nunca tive a intenção de parecer hostil, mas provavelmente era verdade que eu não fazia nenhum esforço especial para ser simpática: naquele estágio da minha vida, eu ainda queria ficar sozinha.

Por isso, foi com interesse que ouvi aquelas mulheres falando sobre Sachiko. Lembro-me muito bem daquela tarde na parada do bonde. Foi um dos primeiros dias de sol radioso após a estação chuvosa de junho, e as superfícies de tijolos e concreto secavam em toda parte. Estávamos numa ponte sobre os trilhos e, num dos lados, podia se ver, no sopé da colina, um amontoado de telhados, como se as casas tivessem rolado pela encosta. Mais além das casas, um pouco distante, erguiam-se nossos blocos de apartamento, como quatro pilares de concreto. Senti então certa simpatia por Sachiko, achando que compreendia algo de seu distanciamento, que eu notara ao observá-la de longe.

Ficamos amigas naquele verão e, ao menos por um breve período, ganhei sua confiança. Nem lembro como nos encontramos pela primeira vez. Lembro-me de haver notado certa tarde que ela seguia à minha frente no caminho que dava acesso ao conjunto de prédios. Eu estava apressada, mas Sachiko caminhava com passos regulares. Àquela altura já devíamos nos conhecer de nome, porque me recordo de havê-la chamado quando me aproximei.

Sachiko deu meia-volta e esperou que eu a alcançasse.

"Algum problema?", perguntou.

"Que bom que encontrei você", falei um pouco ofegante. "Sua filha estava brigando quando eu saí. Lá perto das valas."

"Brigando?"

"Com duas outras crianças. Um era menino. Parecia uma briga um pouquinho feia."

"Entendo."

Sachiko retomou a caminhada. Passei a andar a seu lado.

"Não quero alarmá-la", eu disse, "mas a briga parecia ser bem feia. Na verdade, acho que vi um corte no rosto de sua filha."

"Sei."

"Foi lá embaixo, onde começa o terreno baldio."

"E você acha que eles ainda estão brigando?"

Ela continuou a subir a colina.

"Bom, acho que não. Vi sua filha fugir correndo."

Sachiko olhou para mim e sorriu.

"Você não costuma ver crianças brigando?"

"Bom, imagino que as crianças briguem. Mas pensei que devia contar. E, olhe, acho que ela não estava indo para a escola. As outras crianças seguiram para a escola, mas sua filha voltou na direção do rio."

Sachiko nada disse, e continuou a subir a colina.

"Na verdade, pensei em dizer isto antes. Nos últimos tempos, sabe, tenho visto sua filha várias vezes. Será que ela não está faltando às aulas?"

O caminho bifurcava-se no topo da colina. Sachiko parou e nos encaramos.

"Agradeço muito sua preocupação, Etsuko", ela disse. "É muito gentil de sua parte. Tenho certeza de que você vai ser uma mãe maravilhosa."

Tal como as mulheres na parada do bonde, eu antes achava que Sachiko tinha uns trinta anos. Mas talvez seu corpo jovem nos tivesse enganado, porque o rosto era de uma pessoa mais velha. Ela me olhava como se me achasse engraçada, e isso me fez sentir constrangida e sorrir.

"Agradeço que tenha vindo me procurar", ela continuou, "mas, como pode ver, estou muito ocupada agora. Tenho que ir a Nagasaki."

"Entendo. Só pensei que era melhor vir contar, só isso."

Ela ainda me olhou por alguns momentos com a expressão de quem acha graça em alguma coisa. Depois falou: "Você é muito boa. Agora, desculpe-me, preciso ir à cidade".

Curvou a cabeça e tomou o caminho que levava à parada do bonde.

"Foi só porque ela tinha um corte no rosto", eu disse, falando um pouco mais alto. "E alguns lugares do rio são muito perigosos. Achei melhor contar."

Ela virou-se e olhou mais uma vez para mim.

"Se você não tem nenhuma outra coisa com que se ocupar, Etsuko", ela disse, "então quem sabe pode tomar conta da minha filha hoje. Volto lá pela tarde. Tenho certeza de que você vai se dar muito bem com ela."

"Por mim está bem, se é o que você deseja. Devo dizer que sua filha me parece moça demais para ser deixada sozinha o dia todo."

"Você é muito boa", Sachiko repetiu. Depois sorriu de novo. "É, tenho certeza de que vai ser uma mãe admirável."

Depois de nos separarmos, desci a colina e atravessei o conjunto de prédios. Em pouco tempo me vi do lado de fora do meu edifício, contemplando o vasto terreno baldio. Como não via sinal algum da menina, cheguei a pensar em voltar para casa, mas então notei algum movimento na margem do rio. Mariko devia estar agachada, porque agora eu era capaz de ver seu corpinho de forma bem clara do outro lado da área enlameada. Meu primeiro impulso foi esquecer a coisa toda e cuidar de meus afazeres domésticos. Logo depois, porém, comecei a caminhar na direção dela, cuidando de evitar as valas.

Até onde me lembro, essa foi a primeira vez que falei com Mariko. Muito provavelmente nada havia de tão incomum no seu comportamento daquela manhã, porque, afinal de contas, eu era uma estranha para a criança e ela tinha todo o direito de desconfiar de mim. E, para ser franca, se eu tive um curioso sentimento de desconforto naquela hora, não passou de uma simples reação à conduta de Mariko.

O rio naquela manhã ainda estava bem caudaloso e corria rápido, embora a estação chuvosa houvesse terminado algumas semanas antes. O terreno descia abruptamente até a beira da água, e o lodo no fundo do barranco, onde a menina estava de pé, parecia claramente mais úmido. Mariko usava um vestido simples que ia até os joelhos, e seus cabelos muito curtos lhe davam a aparência de um garoto. Ela levantou o olhar, sem sorrir, observando-me no alto da ribanceira lamacenta.

"Oi", eu disse, "falei agora há pouco com sua mãe. Você deve ser a Mariko-San."

A menininha continuou a me encarar, sem dizer nada. O que antes pensei ser uma ferida no rosto, vi agora que era uma mancha de lama.

"Você não devia estar na escola?", perguntei.

Ela permaneceu em silêncio por alguns instantes. Depois disse: "Eu não vou à escola".

"Mas todas as crianças têm que ir à escola. Você não gosta?"

"Eu não vou à escola."

"Mas sua mãe não pôs você numa escola daqui?"

Mariko não respondeu. Em vez disso, deu um passo para trás, afastando-se de mim.

"Cuidado", falei. "Assim você cai no rio. É muito escorregadio."

Ela continuou a me olhar fixamente do fundo do barranco. Observei seus sapatinhos na lama, ao lado dela. Os pés descalços, assim como os sapatos, estavam cobertos de lama.

"Estava falando agora mesmo com sua mãe", eu disse, sorrindo para tranquilizá-la. "Ela falou que seria muito bom se você fosse até a minha casa e esperasse por ela lá. Fica pertinho, naquele edifício lá. Você pode ir e provar uns bolos que eu fiz ontem. Quer fazer isso, Mariko-San? E aí podia me falar sobre o que anda fazendo."

Mariko continuou a me observar cuidadosamente. Então, sem tirar os olhos de mim, abaixou-se e pegou os sapatos. De início

15

pensei que isso significava que me seguiria. Mas depois, como ainda me encarava atentamente, compreendi que ela apanhara os sapatos e preparava-se para fugir.

"Não vou fazer nenhum mal", eu disse, soltando um riso nervoso. "Sou amiga de sua mãe."

Que eu me lembre, isso foi tudo o que se passou entre nós naquela manhã. Como eu não tinha o menor desejo de assustá-la ainda mais, logo depois dei meia-volta e atravessei o terreno baldio outra vez. Verdade que a reação da menina me perturbara um pouco, porque, naquela época, coisinhas assim eram capazes de suscitar em mim todo tipo de dúvidas sobre o fato de que em breve eu seria mãe. Disse a mim mesma que o episódio era insignificante e que, de todo modo, nos próximos dias com certeza haveria outras oportunidades de fazer amizade com a menininha. No entanto, só voltei a falar com Mariko certa tarde, depois de uns quinze dias ou mais.


Nunca entrara naquela casinha antes daquela tarde, e fiquei bem surpresa quando Sachiko me convidou. Na verdade, percebi de imediato que ela fizera aquilo com segundas intenções e, como se viu depois, eu não estava errada.

Apesar de limpo, eu me recordo que o chalé transmitia uma evidente impressão geral de pobreza: as vigas de madeira no teto pareciam velhas e frágeis, um ligeiro odor de mofo pairava no ar. Na frente da casa, os principais painéis deslizantes tinham sido deixados abertos para permitir que a luz do sol penetrasse pela varanda. Apesar disso, a casa permanecia sombria.

Mariko estava deitada no canto mais distante da luz do sol. Pude ver que alguma coisa se movia ao lado dela em meio às sombras e, chegando mais perto, vi um grande gato enroscado sobre o tatame.

"Oi, Mariko-San", falei. "Lembra de mim?"

Ela parou de acariciar o gato e olhou para mim.

"Nos encontramos outro dia", continuei. "Não se lembra? Você estava lá na beira do rio."

A menininha não demonstrou que me reconhecia. Encarou-me por alguns instantes e depois voltou a fazer carinho no gato. Atrás de mim, eu podia ouvir Sachiko preparando o chá no fogão que ficava no centro da sala. Estava prestes a ir juntar-me a ela quando Mariko de repente disse: "Ela vai ter filhotes".

"Ah, é mesmo? Que coisa boa."

"Você quer um gatinho?"

"É muita bondade sua, Mariko-San. Vamos ver. Mas tenho certeza de que todos eles vão encontrar um bom lar."

"Por que você não fica com um gatinho?", disse a criança. "A outra mulher disse que ia ficar com um."

"Vamos ver, Mariko-San. Quem era essa outra mulher?"

"A outra mulher. A mulher que fica no outro lado do rio. Ela falou que vai ficar com um."

"Mas acho que ninguém mora lá do outro lado, Mariko-San. Lá só tem árvores e mato."

"Ela disse que ia me levar na casa dela. Mora do outro lado do rio. Não fui com ela."

Olhei para a menina por um segundo. Ocorreu-me então um pensamento que me fez rir.

"Mas era eu, Mariko-San. Não se lembra? Chamei você para ir até minha casa enquanto sua mãe estava na cidade."

Mariko voltou a olhar para mim.

"Não foi você", ela disse. "Foi a outra mulher. A que mora do outro lado do rio. Veio aqui na noite passada. Enquanto mamãe estava fora."

"Na noite passada? Enquanto sua mãe estava fora?"

"Disse que ia me levar para a casa dela, mas não fui. Porque estava escuro. Ela disse que podíamos levar a lanterna" — ela fez um gesto na direção da lanterna pendurada na parede —, "mas não fui com ela. Porque estava escuro."

Atrás de mim, Sachiko se levantara e olhava para a filha. Mariko calou-se e depois, virando de lado, voltou a acariciar a gata.

"Vamos para a varanda", Sachiko me disse. Levava as coisas de chá numa bandeja. "Lá é mais fresco."

Fizemos o que ela sugerira, deixando Mariko em seu canto. Da varanda, o rio ficava encoberto, mas dava para ver o terreno inclinado e a lama cada vez mais úmida ao se aproximar da água. Sachiko sentou-se numa almofada e começou a servir o chá.

"Isso aqui está cheio de gatos sem dono", ela disse. "Não sou muito otimista com relação a esses filhotes."

"É, há muitos gatos soltos por aí", eu disse. "Uma vergonha. Mariko encontrou a gata dela por aqui?"

"Não, trouxemos o bichinho conosco. Eu teria preferido deixar para trás, mas Mariko não quis nem ouvir falar disso."

"Trouxe lá de Tóquio?"

"Ah, não. Já estamos morando em Nagasaki faz quase um ano. Do outro lado da cidade."

"Ah, é mesmo? Não imaginei isso. Você vivia lá com... com amigos?"

Sachiko parou de servir e me olhou, segurando o bule com as duas mãos. Notei em seu olhar a mesma expressão divertida com que me observara na ocasião anterior.

"Acho que você está muito errada, Etsuko", ela disse por fim, voltando a servir o chá. "Moramos na casa de meu tio."

"Juro que só estava..."

"É claro que sim. Não precisa ficar sem jeito, não é mesmo?" Ela riu e me entregou a xícara. "Desculpe, Etsuko, não quero implicar com você. Na verdade, queria lhe pedir uma coisa. Um pequeno favor." Sachiko começou a derramar o chá em sua

18

própria xícara e, ao fazê-lo, foi ficando mais séria. Então descansou o bule e olhou para mim. "Quero que entenda, Etsuko, que alguns arranjos que eu fiz não saíram como havia planejado. Por isso, estou precisando de dinheiro. Nada demais, compreende? Só uma pequena quantia."

"Compreendo perfeitamente", respondi, baixando a voz. "Deve ser muito difícil para você, tendo que pensar na Mariko--San."

"Etsuko, posso pedir um favor?"

Curvei a cabeça.

"Tenho minhas próprias economias", falei quase num sussurro. "Gostaria de poder ajudar."

Para minha surpresa, Sachiko soltou uma gargalhada.

"Você é muito boa", ela disse. "Mas na verdade não quero que me empreste dinheiro. Tinha outra coisa em mente. Outro dia você mencionou uma amiga sua que tem um restaurante."

"A sra. Fujiwara, é dela que está falando?"

"Você me disse que ela precisa de uma assistente. Um empreguinho desses seria muito útil para mim."

"Bom", eu disse, hesitante, "posso perguntar, se você quiser."

"Seria muito simpático da sua parte." Sachiko me lançou um olhar de relance. "Mas você parece ter dúvidas sobre isso, Etsuko."

"Nenhuma. Vou perguntar quando eu encontrar a sra. Fujiwara. Mas estava só pensando..." — baixei a voz de novo — "quem vai tomar conta de sua filha durante o dia?"

"Mariko? Ela podia ajudar no restaurante. Pode ser bem prestativa."

"Tenho certeza de que é, sim. Mas não sei como a sra. Fujiwara se sentiria. Afinal, Mariko devia estar na escola durante o dia."

"Posso garantir, Etsuko, que a Mariko não vai criar o menor

problema. Além disso, as escolas estão fechando na próxima semana. E vou garantir que ela não atrapalhe em nada. Pode ficar tranquila sobre isso."

Curvei mais uma vez a cabeça.

"Vou perguntar quando voltar a encontrá-la."

"Fico muito agradecida." Sachiko tomou um gole de chá. "Na verdade, talvez devesse lhe pedir para se encontrar com sua amiga nos próximos dias."

"Vou tentar."

"Bondade sua."

Ficamos em silêncio por algum tempo. O bule de Sachiko atraíra minha atenção: parecia ser uma peça refinada, feita de porcelana fosca. A xícara na minha mão era do mesmo material delicado. Enquanto bebíamos, fiquei chocada, não pela primeira vez, com o estranho contraste entre a louça do chá e o aspecto lastimável da casinha e o terreno enlameado sob a varanda. Ao levantar os olhos, notei que Sachiko estivera me observando.

"Estou acostumada com boas louças, Etsuko", ela disse. "Veja, não vivi sempre assim…" — ela apontou para o chalé. "Claro que não me importo com um pouco de desconforto. Mas, em outras coisas, ainda sou bastante exigente."

Curvei a cabeça, sem nada dizer. Sachiko começou também a examinar sua xícara, girando-a cuidadosamente entre as mãos. Então disse, de repente: "Para dizer a verdade, roubei esse aparelho de chá. Mas não acho que vai fazer muita falta ao meu tio".

Olhei-a com certa surpresa. Sachiko descansou a xícara à sua frente e afastou algumas moscas.

"Então você morava na casa do seu tio?", perguntei.

Ela concordou com um gesto lento da cabeça.

"Uma casa linda. Com um laguinho no jardim. Muito diferente do que existe aqui em volta."

Por um momento, nós duas olhamos para dentro do chalé.

Mariko estava deitada no seu canto, como a havíamos deixado, de costas para nós. Parecia estar falando baixinho com a gata.

Depois de algum tempo, em que nenhuma das duas falou uma palavra, eu disse: "Não sabia que alguém morava na outra margem do rio".

Sachiko voltou-se para olhar de passagem as árvores na margem oposta.

"Não, nunca vi ninguém lá."

"Mas a mulher que tomou conta da Mariko. Ela disse que a mulher veio da outra margem."

"Não veio nenhuma mulher tomar conta dela, Etsuko. Não conheço ninguém lá."

"Mariko estava me contando sobre uma mulher..."

"Por favor, não preste atenção nisso."

"Quer dizer que era só invenção dela?"

Por um instante, pareceu que Sachiko refletia. Depois disse: "Sim, ela só estava inventando".

"Bom, imagino que as crianças façam coisas assim com frequência."

Sachiko concordou com a cabeça.

"Quando você for mãe, Etsuko", ela disse, sorrindo, "vai precisar se acostumar com essas coisas."

Passamos a falar de outros assuntos. Era o início de nossa amizade, e conversamos principalmente sobre pequenas bobagens. Só algumas semanas mais tarde, numa manhã, ouvi Mariko mencionar de novo uma mulher que se aproximara dela.

# 2.

Naqueles tempos, voltar para o bairro de Nakagawa ainda provocava em mim um misto de tristeza e prazer. É uma área com colinas, e subir as ruas íngremes e estreitas entre as casas geminadas sempre me causava um profundo sentimento de perda. Embora não fosse um lugar que eu visitasse por mero impulso, não conseguia ficar longe de lá por muito tempo.

Visitar a sra. Fujiwara suscitava a mesma mistura de sentimentos, porque ela fora uma das amigas mais íntimas de mamãe, uma mulher bondosa cujos cabelos agora começavam a ficar grisalhos. Seu restaurante especializado em lámen ficava numa movimentada rua secundária. Tinha um pátio de concreto na frente, coberto por um telhadinho, e era ali que os fregueses comiam, em mesas e bancos de madeira. Muitos empregados dos escritórios do bairro frequentavam o lugar tanto na hora do almoço como na volta para casa, porém no resto do dia a clientela era bem pouco numerosa.

Eu estava um tanto ansiosa naquela tarde por ser a primeira vez que ia visitar o restaurante desde que Sachiko começara a trabalhar lá. Preocupava-me com as duas, sobretudo porque não sabia se a sra. Fujiwara realmente queria ter uma assistente. Fazia calor e a pequena rua estava apinhada de gente. Fiquei feliz de entrar num lugar com sombra.

A sra. Fujiwara alegrou-se ao me ver. Levou-me a uma mesa e foi buscar o chá. Havia poucos fregueses naquela tarde — talvez nenhum, não me lembro, e não vi Sachiko. Quando a sra. Fujiwara voltou, perguntei: "Como está indo minha amiga? Tudo correndo bem?".

"Sua amiga" — a sra. Fujiwara olhou por cima do ombro para a porta da cozinha — "está limpando os camarões. Deve estar acabando." Então, como se tivesse pensado melhor, levantou-se e caminhou alguns passos na direção da porta. "Sachiko-San", chamou, "Etsuko está aqui." Ouvi uma voz responder lá de dentro.

Quando voltou a sentar-se, a sra. Fujiwara esticou o braço e tocou em minha barriga. "Agora começou a aparecer", ela disse. "Precisa se cuidar muito bem de hoje em diante."

"Não faço mesmo nenhum trabalho pesado", respondi. "Levo uma vida bem fácil."

"Que bom. Eu me lembro da minha primeira vez, houve um terremoto, dos fortes. Estava grávida do Kazuo na época. Mas ele nasceu muito saudável. Tente não se preocupar demais, Etsuko."

"Eu tento." Olhei de relance para a porta da cozinha. "Minha amiga está indo bem aqui?"

A sra. Fujiwara acompanhou meu olhar na direção da cozinha. Depois voltou a me encarar e disse: "Espero que sim. Vocês são boas amigas?".

"Somos. Não consegui fazer muitas amigas onde eu moro. Fico feliz de ter encontrado a Sachiko."

"Sim, foi sorte." Ficou me observando por alguns instantes. "Etsuko, você hoje está me parecendo cansada."

"Acho que sim." Dei uma risadinha. "É esperado, não é?"

"Claro." A sra. Fujiwara continuou a me observar. "Mas estou querendo dizer que você parece um pouco… triste."

"Triste? De modo algum estou triste. Só um pouco cansada, mas, tirando isso, nunca estive tão feliz."

"Que bom. Você agora tem que pensar só em coisas felizes. Seu bebê. E o futuro."

"Isso mesmo, é o que vou fazer. Pensar no bebê me alegra."

"Ótimo." Ela assentiu com a cabeça, ainda estudando meu rosto. "Sua atitude faz toda a diferença. Uma mãe pode tomar todos os cuidados com a parte física, mas precisa de uma atitude positiva para criar um filho."

"Bom, sem dúvida tenho uma grande expectativa", falei, soltando uma risada. Um ruído me fez olhar de novo na direção da cozinha, porém Sachiko ainda não aparecera.

"Há uma moça que vejo todas as semanas", a sra. Fujiwara continuou. "Deve estar no sexto ou sétimo mês agora. Vejo-a todas as vezes que vou ao cemitério. Nunca falei com ela, mas parece tão triste, lá de pé com o marido. É uma vergonha, uma moça grávida e o marido passarem o domingo pensando em alguém morto. Sei que estão demonstrando respeito, mas não deixa de ser uma vergonha. Deviam estar pensando no futuro."

"Vai ver ela tem dificuldade em esquecer."

"Acho que sim. Sinto pena dela. Mas agora devia estar pensando no que vem pela frente. Essa não é uma boa maneira de trazer uma criança para o mundo, visitando o cemitério todas as semanas."

"Talvez não seja."

"Os cemitérios não são um lugar apropriado para os jovens. Kazuo vai comigo às vezes, mas nunca insisto. Já é hora de ele olhar para a frente também."

"Como vai o Kazuo? Indo bem no trabalho?"

"Está bem no trabalho. Espera ser promovido no próximo

mês. Mas precisa pensar um pouco em outras coisas. Não vai continuar moço para sempre."

Nesse exato momento algo atraiu minha atenção. Uma figura pequena, parada sob o sol e em meio às pessoas que passavam apressadas pela calçada.

"Ora, aquela não é a Mariko?", perguntei.

A sra. Fujiwara fez uma meia-volta com o corpo, ainda sentada.

"Mariko-San", ela chamou. "Onde é que você esteve?"

Mariko permaneceu por alguns segundos na rua. Depois entrou no pátio sombreado, passou por nós e sentou-se a uma mesa próxima onde não havia ninguém.

A sra. Fujiwara ficou observando a menininha, e depois me lançou um olhar preocupado. Parecia prestes a dizer alguma coisa, mas se levantou e foi até onde ela estava.

"Mariko-San, onde é que você esteve?" A sra. Fujiwara tinha baixado a voz, mas ainda pude ouvir. "Você não pode ficar fugindo assim. Sua mãe está muito irritada com você."

Mariko examinava os dedos. Não ergueu os olhos para encarar a sra. Fujiwara.

"E, Mariko-San, por favor, nunca fale com os fregueses daquele jeito. Você não sabe que é muito grosseiro? Sua mãe está muito zangada com você."

Mariko continuou a examinar as mãos. Atrás dela, Sachiko apareceu na porta da cozinha. Ao ver Sachiko naquela manhã, lembro que fiquei impressionada com o fato de que ela era realmente mais velha do que imaginei de início; com os cabelos compridos envoltos num lenço, ficavam mais pronunciadas as áreas de pele cansada em volta dos olhos e da boca.

"Aqui está sua mãe agora", disse a sra. Fujiwara. "Espero que esteja muito irritada com você."

A garotinha permaneceu sentada, de costas para a mãe. Sachiko a olhou de relance e depois se virou na minha direção com um sorriso.

"Como vai, Etsuko?", perguntou, fazendo uma reverência elegante. "Que surpresa agradável ver você aqui."

No outro lado do pátio, sentavam-se a uma mesa duas mulheres com roupas de quem trabalha em escritório. A sra. Fujiwara fez um gesto na direção delas, e voltou a falar com Mariko.

"Por que você não fica na cozinha um pouco?", falou baixinho. "Sua mãe vai mostrar o que precisa fazer. É muito fácil. Tenho certeza de que uma moça esperta como você é capaz de ajudar."

Mariko não deu o menor sinal de tê-la ouvido. A sra. Fujiwara ergueu os olhos na direção de Sachiko, por um instante achei que haviam trocado olhares frios. A sra. Fujiwara então deu meia-volta e foi atender as freguesas. Parecia conhecê-las, pois, ao atravessar o pátio, fez uma saudação amistosa.

Sachiko aproximou-se e sentou à minha mesa.

"É tão quente dentro da cozinha!", ela disse.

"Como é que você está se dando aqui?"

"Como estou me dando? Bem, Etsuko, sem dúvida é uma experiência divertida trabalhar num restaurante de lámen. Tenho que dizer que nunca me imaginei limpando mesas num lugar como esse. Seja como for", deu uma breve risada, "é bem divertido."

"Entendo. E Mariko, está se adaptando?"

Ambas olhamos para a mesa de Mariko, onde ela continuava a examinar as mãos.

"Ah, Mariko está bem. Claro que às vezes fica bem impaciente. Mas não dava para esperar outra coisa nessas circunstâncias. É uma pena, Etsuko, mas, como você vê, minha filha não parece compartilhar do meu senso de humor. Não acha isso aqui tão engraçado."

Sachiko sorriu e lançou de novo um olhar na direção de Mariko. Então se levantou e foi até ela.

Perguntou em tom baixo: "É verdade o que a sra. Fujiwara me contou?".

A menininha permaneceu calada.

"Ela disse que você foi grosseira outra vez com os fregueses. É verdade?"

Mariko continuou sem responder.

"É verdade o que ela me disse? Mariko, por favor, responda quando alguém perguntar alguma coisa."

"A mulher voltou ontem", disse Mariko. "Na noite passada. Quando você não estava."

Sachiko contemplou a filha por alguns segundos, e depois disse: "Acho que você deve entrar agora. Vai, vou mostrar o que tem que fazer".

"Veio outra vez na noite passada. Disse que ia me levar para a casa dela."

"Vai, Mariko, vai para a cozinha e me espera lá."

"Ela vai me mostrar onde mora."

"Mariko, vai lá pra dentro."

No outro lado do pátio, a sra. Fujiwara e as duas mulheres davam gargalhadas. Mariko continuou a olhar fixamente para as palmas das mãos. Sachiko deu meia-volta e retornou à minha mesa.

"Me dê licença um minuto, Etsuko, mas deixei alguma coisa no fogo. Volto num instante." Então, baixando a voz, acrescentou: "Não se pode esperar que ela tenha entusiasmo por um lugar como esse, não é mesmo?".

Sorriu e caminhou para a cozinha. Na porta, virou-se mais uma vez na direção da filha.

"Vamos, Mariko, vem cá."

Mariko não se mexeu. Sachiko deu de ombros e desapareceu no interior da cozinha.

\* \* \*

Por volta dessa época, no começo do verão, Ogata-San veio nos visitar, sua primeira visita desde que se mudara de Nagasaki nos primeiros meses do ano. Era o pai do meu marido — e é bem curioso que eu sempre tenha pensado nele como "Ogata-San", mesmo naqueles tempos em que esse era também meu sobrenome. Mas eu o conhecia havia tanto tempo como "Ogata-San" — bem antes de conhecer Jiro — que nunca me acostumei a chamá--lo de "papai".

Não havia muita semelhança física entre Ogata-San e meu marido. Quando me recordo de Jiro, vejo um homem baixinho e corpulento, de fisionomia séria; meu marido sempre se preocupou muito com a aparência, e até mesmo em casa frequentemente usava camisa social e gravata. Vejo-o agora como costumava vê-lo então, sentado no tatame de nossa sala de visitas, curvado sobre o café da manhã ou o jantar. Lembro-me de que tinha aquela tendência de curvar-se para a frente — como um pugilista — ao ficar parado de pé ou quando andava. Em contraste, seu pai sempre se sentava com as costas bem para trás e tinha um jeitão descontraído, generoso. Quando nos visitou naquele verão, Ogata-San gozava ainda de boa saúde, exibindo um belo físico e a energia vigorosa de um homem bem mais moço.

Lembro-me da manhã em que mencionou Shigeo Matsuda pela primeira vez. Já estava conosco havia alguns dias, pelo visto achando que o pequeno quarto quadrado oferecia conforto suficiente para uma longa estada. Era uma manhã clara e nós três terminávamos o café da manhã antes de Jiro sair para o escritório.

"Essa sua reunião com os colegas", ele disse a Jiro, "é hoje à noite, não?"

"Não, amanhã à noite."

"Vai ver o Shigeo Matsuda?"

"Shigeo? Não, acho difícil. Ele não comparece a esses eventos. Desculpe, mas tenho que ir, papai. Preferia faltar, mas os outros poderiam ficar ofendidos."

"Não se preocupe, Etsuko-San vai cuidar de mim muito bem. E essas ocasiões são importantes."

"Também pensei em tirar uns dias de folga", disse Jiro, "mas estamos muito atarefados no momento. Como falei, recebemos o pedido no escritório no mesmo dia de sua chegada. Uma chateação."

"Nada disso", disse seu pai. "Compreendo perfeitamente. Não faz muito tempo eu também ficava louco de tanto trabalho. Não sou tão velho, sabe."

"Claro que não."

Comemos em silêncio por algum tempo até que Ogata-San disse:

"Quer dizer que você não acha que vai ver o Shigeo Matsuda. Mas ainda se encontra com ele de tempos em tempos?"

"Não muito ultimamente. Nos afastamos quando fomos ficando mais velhos."

"Sim, é o que acontece. Cada estudante segue seu próprio caminho, e aí fica difícil manter contato. Por isso é que essas reuniões são tão importantes. A gente não devia esquecer tão rapidamente das velhas amizades. E é bom dar uma olhada para trás de vez em quando, ajuda a manter as coisas em perspectiva. Sim, acho mesmo que você deve ir amanhã."

"Talvez papai fique conosco até domingo", disse meu marido. "Então quem sabe podemos fazer algum passeio."

"É, podemos fazer um passeio. Excelente ideia. Mas, se você tiver que trabalhar, não faz mal."

"Não, acho que no domingo estarei livre. Sinto muito estar tão ocupado agora."

"Vocês convidaram algum dos seus velhos professores para amanhã?", perguntou Ogata-San.

"Que eu saiba, não."

"É uma vergonha que os professores não sejam convidados com mais frequência nessas ocasiões. Fui convidado algumas vezes. E, quando era mais jovem, sempre fiz questão de convidar nossos professores. Acho muito correto. É uma oportunidade de o professor ver os frutos de seu trabalho, e de os alunos manifestarem sua gratidão a ele. Acho muito correto que os professores estejam presentes."

"É, talvez você tenha razão."

"Os homens hoje em dia esquecem muito facilmente a quem devem sua educação."

"Verdade, você tem toda razão."

Meu marido acabou de comer e descansou os hashis. Servi-lhe um pouco mais de chá.

"Outro dia aconteceu uma coisinha estranha", disse Ogata-San. "Fazendo uma retrospectiva, acho até bem engraçado. Eu estava na biblioteca de Nagasaki e encontrei uma revista, uma revista de professores. Nunca tinha ouvido falar nela, não existia no meu tempo. Lendo aquilo diríamos que hoje em dia todos os professores no Japão são comunistas."

"Aparentemente, o comunismo está crescendo no país", disse meu marido.

"Tinha um artigo do seu amigo Shigeo Matsuda. Mas imaginem minha surpresa quando vi meu nome mencionado ali. Não sabia que era tão notável naquela época."

"Tenho certeza de que o papai ainda é muito lembrado em Nagasaki", comentei.

"Foi bem surpreendente. Ele estava falando de mim e do dr. Endo, sobre nossas aposentadorias. Se compreendi bem, deu a entender que, para o magistério, foi muito bom ter se livrado de nós. Na verdade, chegou a sugerir que deveríamos ter sido postos para fora no fim da guerra. Muito interessante."

"Tem certeza de que é o mesmo Shigeo Matsuda?", perguntou Jiro.

"Ele mesmo. Do Ginásio Kuriyama. Surpreendente. Lembro-me de quando ele costumava ir à nossa casa, para brincar com você. Sua mãe o mimava. Perguntei à bibliotecária se podia comprar um exemplar, ela disse que podia encomendar um para mim. Vou lhe mostrar."

"Parece muito desleal", eu disse.

"Fiquei bem surpreso", disse Ogata-San, virando-se na minha direção. "E fui eu quem o apresentou ao diretor da Kuriyama."

Jiro tomou o chá e enxugou a boca com o guardanapo. "É lamentável. Como disse, faz algum tempo que não vejo o Shigeo. Sinto muito, papai, mas vai ter de me desculpar agora, senão chego atrasado."

"Ora, sem dúvida. Tenha um bom dia de trabalho."

Jiro foi até a entrada da frente, onde começou a calçar os sapatos.

Eu disse a Ogata-San: "Alguém que tenha alcançado sua posição, papai, deve esperar alguma crítica. É bastante natural".

"Evidente", ele disse, dando uma boa risada. "Não, Etsuko, não se preocupe com isso. Não pensei duas vezes na coisa. Se me ocorreu agora foi só porque o Jiro vai à tal reunião. Me pergunto se o Endo leu o artigo."

"Papai, espero que tenha um bom dia", falou Jiro da porta. "Tentarei voltar assim que puder."

"Bobagem, não ligue para isso. Seu trabalho é importante."

Um pouco mais tarde, naquela manhã, Ogata-San saiu do seu quarto usando paletó e gravata.

"Vai sair, papai?", perguntei.

"Pensei em visitar o dr. Endo."

"Dr. Endo?"

"Sim, me deu vontade de saber como ele vai."

"Mas não vai antes do almoço, vai?"

"Achei melhor ir bem cedo", ele respondeu, olhando o relógio. "Endo agora está morando um pouco fora de Nagasaki. Vou ter que pegar um trem."

"Bom, então me deixe preparar alguma coisa para você levar, não toma nem um minuto."

"Ora, obrigado, Etsuko. Nesse caso, espero alguns minutos. Na verdade, estava mesmo esperando que você se oferecesse para preparar alguma coisa."

"Então devia ter pedido", eu disse, levantando-me. "Desse jeito, papai, você nem sempre vai ter o que quer."

"Mas eu sabia que você ia me entender perfeitamente, Etsuko. Tenho fé em você."

Fui para a cozinha, calcei sandálias e pisei no chão de ladrilhos. Alguns minutos depois, o painel se abriu e Ogata-San apareceu. Sentou-se na soleira da porta e ficou me observando trabalhar.

"O que está cozinhando?"

"Nada demais. Só o que sobrou do jantar de ontem. Assim, de repente, você não merece coisa melhor."

"E tenho certeza de que vai conseguir transformar em alguma coisa bem apetitosa. O que está fazendo com o ovo? Isso não é nenhuma sobra, é?"

"Estou acrescentando uma omelete. Você tem muita sorte, papai, por eu estar me sentindo tão generosa."

"Uma omelete. Precisa me mostrar como fazer isso. É difícil."

"Extremamente difícil. Sem chance alguma de aprender, a essa altura."

"Mas quero muito aprender. E o que quer dizer com 'a essa altura'? Ainda sou jovem o bastante para aprender várias coisas novas."

"Está mesmo planejando se tornar cozinheiro, papai?"

"Não é para achar graça. Ao longo dos anos, passei a apreciar cada vez mais o que significa saber cozinhar. Estou convencido de que é uma arte, tão nobre quanto a pintura ou a poesia. Não é apreciada apenas porque o produto desaparece muito rapidamente."

"Trate de perseverar na pintura, papai. Você é muito melhor nisso."

"Pintura." Ele soltou um suspiro. "Não me dá mais a satisfação de antes. Não, acho que devo aprender a fazer omeletes tão bem quanto você, Etsuko. Precisa me mostrar antes que eu volte para Fukuoka."

"Você não pensaria que é uma arte depois de aprender como se faz. Talvez as mulheres devessem guardar segredo sobre essas coisas."

Ele riu, como se risse apenas para si mesmo, e continuou a me observar em silêncio.

"O que você prefere, Etsuko?", perguntou algum tempo depois. "Menino ou menina?"

"Na verdade, tanto faz. Se for menino, vamos dar o seu nome."

"Verdade? Isso é uma promessa?"

"Pensando bem, não sei. Estava esquecendo qual era o primeiro nome do papai. Seiji... É um nome feio."

"Mas isso é só porque você me acha feio, Etsuko. Lembro que uma turma de alunos decidiu que eu parecia um hipopótamo. Mas você não deve se deixar levar pelas aparências."

"Isso é verdade. Vamos ter que esperar para ver o que o Jiro acha."

"Sim."

"Mas eu gostaria que meu filho tivesse seu nome, papai."

"Isso ia me deixar muito feliz." Ele sorriu e fez uma pequena reverência. "Mas eu sei bem como é irritante quando os avós insistem que as crianças tenham seus nomes. Lembro do tempo em que eu e minha mulher discutimos como o Jiro ia se chamar. Eu queria que tivesse o nome de um tio meu, mas minha mulher era contra esse costume de dar o nome de parentes. Obviamente, no final ela venceu. A Keiko era dura na queda."

"Keiko é um nome simpático. Talvez, se for menina, poderíamos chamá-la de Keiko."

"Você não deve fazer promessas desse tipo por impulso. Vai deixar um velho muito decepcionado se não cumprir."

"Desculpe, só estava pensando em voz alta."

"Além disso, Etsuko, tenho certeza de que há outras pessoas cujo nome você iria preferir dar para um filho. Pessoas de quem vocês são mais próximos."

"Pode ser. Mas, se for menino, gostaria que tivesse o seu nome. Você foi como um pai para mim no passado."

"Não sou mais como um pai para você?"

"Sim, claro. Mas é diferente."

"Espero que o Jiro seja um bom marido para você."

"Sem dúvida. Não poderia estar mais feliz."

"E a criança vai fazer você feliz."

"Vai, sim. Não podia vir em melhor hora. Agora estamos bem adaptados aqui, o trabalho do Jiro vai bem. É o momento ideal para que isso acontecesse."

"Então você está feliz?"

"Sim, estou muito feliz."

"Bom. Fico feliz por vocês dois."

"Muito bem, aqui, prontinho para você."

Entreguei-lhe a caixa laqueada com o almoço.

"Ah, sim, os restos de ontem", ele disse, recebendo-a com uma reverência dramática. Levantou ligeiramente a tampa. "Mas parece delicioso."

Quando mais tarde voltei para a sala de visitas, Ogata-San calçava os sapatos na entrada.

"Me diga, Etsuko", ele falou sem tirar os olhos dos cadarços. "Você já viu esse tal de Shigeo Matsuda?"

"Uma ou duas vezes. Ele costumava nos visitar depois que nos casamos."

"Mas ele e o Jiro já não são mais amigos próximos?"

"De jeito nenhum. Trocamos cartões nas festas, e só."

"Vou sugerir ao Jiro que escreva para o seu amigo. Shigeo deve se desculpar. Senão vou insistir para que o Jiro não tenha mais nenhum relacionamento com aquele moço."

"Entendo."

"Pensei em sugerir isso antes, quando estávamos conversando no café da manhã. Mas é melhor deixar esse tipo de conversa para a noite."

"Acho que você tem razão."

Ogata-San agradeceu-me mais uma vez pelo almoço antes de partir.

No entanto, ele não mencionou a questão à noite. Ambos pareciam cansados ao voltar, passaram a maior parte do tempo lendo jornais, sem falar muito. E só uma vez Ogata-San mencionou o dr. Endo. Foi durante o jantar, quando disse apenas: "Endo me pareceu bem. Sente muito a falta do trabalho. Afinal, ele vivia para aquilo".

Na cama, mais tarde, antes de adormecer eu disse a Jiro: "Espero que o papai esteja bem contente com a forma como está sendo recebido por nós".

"O que mais ele podia esperar?", perguntou meu marido. "Se está tão preocupada, por que não o leva a algum lugar?"

"Você vai trabalhar sábado à tarde?"

"Como posso não trabalhar? Já estou atrasado no cronograma. Ele escolheu o pior momento para me visitar. É uma pena."

"Mas ainda podemos passear no domingo, não?"

Acho que não recebi nenhuma resposta, embora tenha ficado à espera, olhando para o teto escuro. Jiro frequentemente se sentia muito cansado depois de um dia de trabalho, e não se mostrava disposto a conversar.

De todo modo, creio que eu estava me preocupando à toa com Ogata-San, pois sua visita naquele verão acabou sendo uma das mais longas. Lembro-me de que ainda estava conosco na noite em que Sachiko bateu à porta de nosso apartamento.

Ela usava um vestido que eu nunca vira antes, com um xale lhe cobrindo os ombros. Estava bem maquiada, mas uma fina mecha de cabelo se soltara e caía sobre um lado do rosto.

"Sinto muito perturbá-la, Etsuko", ela disse, sorrindo. "Queria saber se por acaso Mariko está aqui."

"Mariko? Ora, não está, não."

"Bom, não faz mal. Não a viu por aí?"

"Infelizmente, não. Ela se perdeu?"

"Não precisa fazer essa cara", ela disse, soltando uma risada. "Ela só não estava em casa quando voltei, isso é tudo. Tenho certeza de que vou achá-la logo."

Estávamos conversando no hall de entrada, e me dei conta de que Jiro e Ogata-San nos observavam. Apresentei Sachiko, e todos se cumprimentaram com reverências.

"Isso é preocupante", disse Ogata-San. "Talvez seja melhor telefonar para a polícia agora mesmo."

"Não é necessário", disse Sachiko. "Tenho certeza de que vou encontrar a Mariko."

"Mas talvez, por segurança, seja melhor telefonar de qualquer modo."

"Realmente não é preciso" — um ligeiro traço de irritação

transpareceu na voz de Sachiko. "Tenho certeza de que vou encontrá-la."

"Vou ajudar a procurar", falei, começando a vestir o casaquinho.

Meu marido me lançou um olhar de desaprovação. Parecia prestes a falar, mas se conteve. Por fim, disse: "Está quase escuro".

"Realmente, Etsuko, não é necessário todo esse alvoroço", disse Sachiko. "Mas, se você não se importar de sair um pouquinho, vou ficar muito agradecida."

"Cuidado, Etsuko", disse Ogata-San. "E chamem a polícia se não encontrarem logo a menina."

Descemos as escadas. Ainda fazia calor, e o sol, já muito baixo mais além do terreno baldio, realçava os sulcos na terra enlameada.

"Você já olhou aqui no conjunto de prédios?", perguntei.

"Não, ainda não."

"Então vamos olhar." Comecei a andar rapidamente. "Mariko tem alguma amiga com quem possa estar?"

"Acho que não. De verdade, Etsuko", Sachiko riu e segurou meu braço, "não tem por que ficar tão alarmada. Não terá acontecido nada com ela. Na verdade, Etsuko, eu vim mesmo porque queria contar uma novidade. Sabe, tudo agora ficou resolvido. Vamos para os Estados Unidos daqui a alguns dias."

"Estados Unidos?"

Talvez por causa da mão de Sachiko no meu braço, talvez por pura surpresa, parei de caminhar.

"Sim, Estados Unidos. Você com certeza já ouviu falar desse lugar."

Ela parecia contente com meu assombro.

Voltei a caminhar. Nosso conjunto era pavimentado de concreto, interrompido aqui e ali por árvores finas e ainda jovens, plantadas quando os edifícios foram construídos. Acima de nós, as luzes tinham sido acesas em quase todas as janelas.

"Não vai me perguntar mais nada?", disse Sachiko, alcançando-me. "Não vai perguntar para onde vou? E com quem?"

"Fico muito feliz, se é isso que você queria", respondi. "Mas talvez devêssemos antes encontrar a sua filha."

"Etsuko, você precisa compreender, não tenho vergonha de nada. Não quero esconder nada de ninguém. Por favor, pergunte o que quiser, não me sinto envergonhada."

"Acho que antes devemos encontrar sua filha. Podemos conversar depois."

"Muito bem, Etsuko", ela disse, dando uma risada. "Vamos primeiro encontrar a Mariko."

Procuramos nos parquinhos e contornamos cada bloco de apartamentos. Logo nos vimos de volta onde tínhamos começado. Notei então duas mulheres conversando na entrada principal de um dos blocos.

"Quem sabe aquelas senhoras lá poderão nos ajudar", eu disse. Sachiko não se moveu. Olhou na direção das duas mulheres e depois falou: "Duvido".

"Mas podem ter visto a Mariko. Podem ter visto sua filha."

Sachiko continuou a olhar para as mulheres. Soltou então uma risadinha e deu de ombros.

"Muito bem", ela disse. "Vamos lhes dar algum assunto para fofocas. Não me importo."

Fomos até elas e Sachiko fez as perguntas com calma e cortesia. As mulheres trocaram olhares preocupados, mas nenhuma delas tinha visto a menininha. Sachiko lhes garantiu que não havia motivo para alarme e fomos embora.

"Tenho certeza de que fizemos a alegria delas hoje", Sachiko me disse. "Agora vão ter o que falar."

"Acho que não tiveram má intenção. As duas pareceram realmente preocupadas."

"Você é muito boa, Etsuko, mas não precisa me convencer

dessas coisas. Na verdade, quero que entenda, nunca me preocupei com o que essa gente pensa, e me importo ainda menos agora."

Paramos de andar. Olhei ao redor e para as janelas dos apartamentos.

"Onde mais ela poderia estar?", perguntei.

"Olhe, Etsuko, não há motivo algum para eu me envergonhar. Não quero esconder nada de você. Ou, aliás, daquelas mulheres também."

"Acha que devemos procurar na beira do rio?"

"O rio? Ah, já olhei lá."

"Que tal na outra margem? Talvez ela esteja na outra margem."

"Duvido, Etsuko. Na verdade, se conheço minha filha, a essa altura ela deve estar de volta em casa. Provavelmente muito feliz por ter causado toda essa confusão."

"Bom, então vamos lá ver."

Quando chegamos diante do terreno baldio, o sol, desaparecendo atrás do rio, destacava a silhueta dos salgueiros na margem.

"Não precisa vir comigo", disse Sachiko. "Vou encontrar a Mariko num instante."

"Não faz mal. Vou com você."

"Então tudo bem. Venha comigo."

Começamos a caminhar na direção do chalé. Eu estava com sandálias e vi como era difícil atravessar aquela superfície irregular.

"Por quanto tempo você ficou fora?", perguntei. Sachiko estava um ou dois passos à minha frente; como de início não respondeu, pensei que talvez não tivesse ouvido. "Quanto tempo ficou fora?", repeti.

"Ah, não por muito tempo."

"Quanto tempo? Meia hora? Mais que isso?"

39

"Acho que umas três ou quatro horas."

"Entendo."

Continuamos a atravessar o terreno enlameado, fazendo o possível para evitar as poças. Ao nos aproximarmos da casa, eu disse: "Talvez devêssemos olhar na outra margem, só por desencargo de consciência".

"No bosque? Minha filha não estaria lá. Vamos ver na casa. Não há por que ficar tão preocupada, Etsuko."

Ela voltou a rir, mas percebi um tremor no som de seu riso.

O chalé, sem eletricidade, estava às escuras. Esperei na entrada enquanto Sachiko entrou no aposento com piso de tatame. Chamou pela filha e afastou os painéis que isolavam os dois pequenos quartos contíguos do aposento maior. Fiquei ouvindo-a se mover na escuridão, até voltar para a entrada.

"Talvez você tenha razão", ela disse. "É melhor olhar na outra margem."

Na beira do rio, o ar estava tomado por insetos. Caminhamos em silêncio rumo à pequena ponte de madeira mais a jusante. Na margem oposta, ficava o bosque que Sachiko mencionara anteriormente.

Estávamos atravessando a ponte quando Sachiko se virou para mim e disse rapidamente: "Acabamos indo a um bar. Queríamos ir ao cinema, ver um filme do Gary Cooper, mas tinha uma fila enorme. A cidade estava apinhada, muita gente bêbada. Por fim fomos para um bar e nos arranjaram um lugarzinho".

"Entendo."

"Você não deve frequentar nenhum bar, não é, Etsuko?"

"Não, não frequento."

Era a primeira vez que eu atravessava para a outra margem do rio. A terra parecia fofa, quase pantanosa sob meus pés. Talvez seja uma mera ilusão da minha parte que eu tenha tido uma fria sensação de mal-estar naquela outra margem, algo parecido com uma premonição, que me levou a caminhar com renovada urgência rumo à escuridão das árvores à nossa frente.

Sachiko me fez parar, agarrando meu braço com força. Seguindo seu olhar, pude ver, mais adiante no barranco, algo semelhante a um embrulho jogado na grama, perto da beira do rio. Só era possível discerni-lo por ser alguns tons mais escuro que o chão em volta. Meu primeiro impulso foi correr na direção daquilo, mas então me dei conta de que Sachiko estava totalmente imóvel, olhando fixamente para o objeto.

"O que é aquilo?", falei, embora a pergunta fosse ridícula.

"É a Mariko", ela disse, baixinho. E, ao voltar-se para mim, havia algo muito estranho em seu olhar.

# 3.

É possível que minha memória desses fatos tenha se tornado menos nítida com o passar do tempo, que as coisas não tenham acontecido da forma exata como as recordo hoje. Mas me lembro perfeitamente do misterioso vínculo encantatório que nos uniu enquanto, ali paradas na escuridão que se adensava, olhávamos para aquela forma caída na beira do rio. O laço mágico então se rompeu e ambas começamos a correr. Ao nos aproximarmos, vi Mariko enroscada de lado, os joelhos junto ao peito, de costas para nós. Sachiko chegou antes de mim, pois eu estava mais lenta por causa da gravidez, e já estava debruçada sobre a criança quando me juntei a ela. Como os olhos de Mariko estavam abertos, pensei de início que estava morta. Mas então reparei que eles se moviam e nos fitavam com um estranho olhar vazio.

Sachiko se apoiou num joelho e ergueu a cabeça da menina. Mariko continuou a olhar fixamente para a frente.

"Mariko-San, você está bem?", perguntei, um pouco ofegante.

Ela não respondeu. Sachiko também se manteve em silêncio, examinando a filha, fazendo-a girar em seus braços como se fosse uma boneca frágil mas inanimada. Notei o sangue na manga de Sachiko, depois vi que vinha de Mariko.

"É melhor chamar alguém", eu disse.

"Não é nada sério", disse Sachiko. "Só um arranhão. Veja, não passa de um pequeno corte."

Mariko ficara caída numa poça, e um dos lados de seu vestido curto estava empapado de água escura. O sangue corria de um ferimento na parte interna da coxa.

"O que aconteceu?", Sachiko perguntou à filha. "O que aconteceu com você?"

Mariko continuou a olhar para a mãe.

"Ela deve estar em estado de choque", eu disse. "Talvez seja melhor não fazer nenhuma pergunta agora."

Sachiko ajudou Mariko a ficar de pé.

"Estávamos muito preocupadas com você, Mariko-San", falei.

A menininha me lançou um olhar desconfiado, depois deu meia-volta e começou a caminhar. Andou com bastante firmeza: a ferida na perna não parecia incomodá-la em nada.

Atravessamos a ponte e voltamos pela beira do rio. As duas na minha frente, sem se falarem. Estava totalmente escuro ao chegarmos no chalé.

Sachiko levou Mariko para o banheiro. Acendi o fogão no meio do aposento principal para preparar o chá. Além do fogão, uma velha lanterna de pendurar, que Sachiko acendera, fornecia a única fonte de luz, deixando grande parte do cômodo na penumbra. Num canto, vários gatinhos, despertados por nossa chegada, começaram a agitar-se. Suas garras, prendendo-se ao tatame, produziam um ruído como se alguém estivesse correndo.

Quando reapareceram, mãe e filha vestiam quimonos. Foram para um dos pequenos quartos contíguos, e continuei esperando por algum tempo. O som da voz de Sachiko me chegava através do painel.

Por fim, Sachiko saiu sozinha.

"Ainda está muito quente", ela comentou.

Atravessou o cômodo e abriu os painéis que davam para a varanda.

"Como ela está?", perguntei.

"Está bem. O corte é mínimo."

Sachiko sentou-se do lado de fora, onde soprava uma brisa.

"Vamos fazer o registro na polícia?"

"Polícia? Mas registrar o quê? Mariko disse que estava subindo numa árvore e caiu. Foi assim que se cortou."

"Quer dizer que ela não esteve com ninguém agora à noite?"

"Não. Com quem podia estar?"

"E aquela mulher?", perguntei.

"Que mulher?"

"A mulher de quem a Mariko fala sempre. Ainda tem certeza de que é pura imaginação?"

Sachiko suspirou.

"Suponho que não seja só imaginação", ela disse. "Deve ser uma pessoa que a Mariko viu uma vez. Quando era bem mais nova."

"Mas você acha que ela pode ter vindo aqui hoje à noite, essa mulher?"

Sachiko soltou uma risada.

"Não, Etsuko, isso é impossível. De todo modo, essa mulher está morta. Creia em mim, Etsuko, tudo sobre essa mulher é um joguinho. Mariko gosta de brincar quando quer se fazer de difícil. Já me acostumei com esses joguinhos dela."

"Mas por que ela contaria histórias desse tipo?"

"Por quê?" Sachiko deu de ombros. "É simplesmente o que as crianças gostam de fazer. Quando você for mãe, Etsuko, vai precisar se acostumar com essas coisas."

"Você tem certeza de que ela não esteve com ninguém hoje à noite?"

"Certeza absoluta. Conheço minha filha muito bem."

Ficamos em silêncio por alguns momentos. Os mosquitos zumbiam ao nosso redor. Sachiko bocejou, cobrindo a boca com a mão.

"Por isso, Etsuko, veja bem", ela disse, "vou embora do Japão daqui a pouquíssimo tempo. Você não parece nem um pouco impressionada."

"Claro que estou. E muito satisfeita, se era isso que você queria. Mas não vai haver... uma série de dificuldades?"

"Dificuldades?"

"Quer dizer, mudar-se para um país diferente, com outra língua e costumes estranhos."

"Compreendo sua preocupação, Etsuko. Mas, de verdade, não acho que deva me preocupar muito. Sabe, já ouvi tanto sobre os Estados Unidos que não vai ser como um país de todo estranho. E quanto à língua, já falo razoavelmente. Frank-San e eu sempre conversamos em inglês. Depois de passar algum tempo lá, vou falar como uma norte-americana. Não vejo mesmo nenhuma razão para me preocupar. Sei que vou dar um jeito."

Fiz uma pequena reverência, mas não disse nada. Dois filhotes da gata começaram a se mover para perto de onde Sachiko estava sentada. Ela os observou por um momento e depois deu uma risada.

"Claro", ela disse, "que às vezes me pergunto se tudo vai dar certo. Mas sei, de fato" — ela sorriu para mim — "que vou dar um jeito."

"Na verdade", eu disse, "estava pensando na Mariko. O que vai acontecer com ela?"

"Mariko? Ah, vai se dar bem. Sabe como são as crianças. Elas se adaptam com muito mais facilidade a novas situações, não é mesmo?"

"Ainda assim seria uma mudança enorme para ela. Será que está pronta?"

Sachiko suspirou, impaciente.

"Francamente, Etsuko, pensa que não levei tudo isso em consideração? Acha que eu decidiria ir embora do país sem antes levar em conta o bem-estar da minha filha?"

"É claro", respondi, "que você teria a mais alta consideração pelo bem-estar dela."

"Minha filha é da maior importância para mim, Etsuko. Não tomaria nenhuma decisão que prejudicasse seu futuro. Refleti muito sobre o assunto, além de discutir a questão com o Frank. Posso garantir que Mariko estará bem. Não haverá nenhum problema."

"Mas e a educação dela, como será?"

Sachiko riu de novo.

"Etsuko, não estou indo para o meio da selva. Há coisas chamadas escolas nos Estados Unidos. E, você precisa entender, minha filha é uma criança muito esperta. O pai dela era um grande intelectual e, também do meu lado, há parentes de alto nível. Você não deve imaginar, Etsuko, só por vê-la nessas condições atuais, que ela é filha de algum camponês."

"Claro que não. Nunca me passou pela cabeça."

"Ela é muito inteligente. Você não viu a Mariko como ela de fato é, Etsuko. Num lugar desses, só se pode esperar que uma criança tenha de vez em quando um comportamento inconveniente. Mas, se a tivesse visto quando estávamos na casa do meu tio, ia conhecer suas verdadeiras qualidades. Quando um adulto se dirigia à Mariko, ela respondia de forma muito clara e inteligente, sem nenhuma dessas risadinhas nervosas e olhares para o lado, típicos de quase todas as crianças. E certamente não havia nenhum desses joguinhos dela. Ia à escola e fazia amizade com as melhores colegas. E tínhamos um professor particular que a elogiava muito. Foi impressionante como ela recuperou rapidamente o tempo perdido."

"Recuperou?"

"Bem", Sachiko deu de ombros, "é uma pena que a educação de Mariko tenha sido interrompida de tempos em tempos. Por uma razão ou outra, e todas essas mudanças. Mas foram anos difíceis que atravessamos, Etsuko. Se não fosse por causa da guerra, se meu marido ainda estivesse vivo, então Mariko teria sido criada de uma forma compatível com o gabarito de nossa família."

"Sim", eu disse. "Verdade."

Talvez Sachiko tenha captado alguma coisa no tom em que falei: ergueu a vista e me encarou. Quando voltou a falar, sua voz estava mais tensa.

"Eu não precisava sair de Tóquio, Etsuko", continuou. "Mas fiz isso pensando na Mariko. Vim lá de longe para ficar na casa do meu tio porque achei que seria melhor para minha filha. Não precisava fazer isso, não precisava sair de Tóquio por nenhuma razão."

Fiz uma reverência. Sachiko olhou-me por um instante e depois se virou, contemplando a escuridão entre os painéis abertos.

"Mas depois você saiu da casa do seu tio", eu disse. "E agora está se preparando para ir embora do Japão."

Sachiko me lançou um olhar irritado.

"Por que você fala comigo dessa maneira, Etsuko? Por que não pode me desejar felicidade? Será que está simplesmente com inveja?"

"Mas quero que você seja feliz. E posso garantir que..."

"Mariko vai se dar bem nos Estados Unidos, por que você não acredita nisso? É um lugar melhor para uma criança crescer. E terá muito mais oportunidades lá, a vida é bem melhor para uma mulher nos Estados Unidos."

"Juro que estou feliz por você. Quanto a mim, não poderia estar mais feliz com as coisas como estão. Jiro está indo bem no trabalho e agora o bebê vai chegar exatamente quando queríamos."

"Ela pode se tornar uma mulher de negócios, até mesmo uma atriz de cinema. Os Estados Unidos são assim, Etsuko, tantas coisas se tornam possíveis. Frank diz que eu posso me transformar também numa mulher de negócios. Essas coisas são possíveis lá."

"Tenho certeza de que sim. É só que, pessoalmente, estou muito feliz com minha vida aqui."

Sachiko olhou para os dois gatinhos arranhando o tatame ao lado dela. Ficamos em silêncio por algum tempo.

"Preciso voltar", acabei dizendo. "Eles vão começar a se preocupar comigo." Levantei-me, mas Sachiko não afastou os olhos dos gatinhos. "Quando é que você vai partir?", perguntei.

"Nos próximos dias. Frank vem nos buscar de carro. Devemos embarcar num navio lá para o fim da semana."

"Quer dizer que não vai ajudar a sra. Fujiwara por muito mais tempo."

Sachiko olhou para mim e soltou uma risadinha incrédula.

"Etsuko, estou prestes a ir para os Estados Unidos. Não preciso mais trabalhar num restaurante de lámen."

"Entendo."

"Na verdade, Etsuko, talvez você possa se incumbir de dizer à sra. Fujiwara o que aconteceu comigo. Não espero voltar a vê-la."

"Você mesma não vai lhe dizer?"

Ela deu um suspiro de impaciência.

"Etsuko, será que você não é capaz de entender como foi odioso para alguém como eu trabalhar todos os dias num restaurante de lámen? Não reclamei e fiz o que era exigido de mim. Mas agora acabou, não tenho a menor vontade de ver aquele lugar de novo."

Um gatinho estava arranhando a manga do quimono de Sachiko. Ela lhe deu um forte tapa com as costas da mão, e o bichinho se afastou correndo pelo tatame.

"Por isso, faça-me o favor de dar lembranças à sra. Fujiwara", ela disse. "E meus votos de bons negócios no restaurante."

"Vou fazer isso. Agora, por favor, desculpe-me, preciso ir."
Desta vez, Sachiko se levantou e me acompanhou até a porta.
"Vou lá me despedir antes de irmos embora", ela disse, enquanto eu calçava as sandálias.

De início parecia um sonho perfeitamente inocente; sonhara com alguma coisa vista na véspera — a menininha que havíamos observado brincando no parque. E então o sonho se repetiu na noite seguinte. Na verdade, nos últimos meses voltei a ter esse sonho várias vezes.

Niki e eu tínhamos visto a menina brincando no balanço na tarde em que fomos ao centro da cidade. Era o terceiro dia da visita de Niki, a chuva se transformara em mera garoa. Como eu não saía de casa havia muitos dias, senti prazer em respirar o ar fresco quando começamos a caminhar pela sinuosa aleia.

Niki costumava andar bem depressa, as botas de couro apertadas rangendo a cada passo. Embora eu não tivesse dificuldade em acompanhá-la, teria preferido uma caminhada mais lenta. Niki, é de supor, ainda precisa aprender os encantos de caminhar pelo prazer de caminhar. Nem parece sensível aos ares do campo, apesar de ter sido criada ali. Disse-lhe isso enquanto andávamos, e ela retrucou que aquilo não era campo de verdade, e sim uma simples versão residencial para agradar as pessoas ricas que ali viviam. Ouso dizer que tem razão, nunca me aventurei rumo ao norte, onde ficam as áreas agrícolas da Inglaterra e onde, insiste Niki, eu encontraria o verdadeiro campo. No entanto, há nessas aleias uma calma e um silêncio que passei a apreciar com o correr dos anos.

Chegando à cidade, levei Niki à casa de chá que às vezes frequento. O centro é pequeno, com alguns poucos hotéis e lojas; a casa de chá fica numa esquina, em cima de uma padaria.

Naquela tarde, Niki e eu nos sentamos junto às janelas e foi de lá que observamos a menininha brincando no parque. Vimos quando ela subiu num balanço e falou com as duas mulheres sentadas num banco próximo. Uma menina alegre, vestindo uma capa de chuva verde e botinhas de couro.

"Talvez você se case em breve e logo tenha filhos", eu disse. "Sinto falta de crianças pequenas."

"Não posso pensar em nada que eu queira menos", respondeu Niki.

"Bem, você ainda é muito moça."

"Não tem nada a ver com o fato de ser moça ou velha. Simplesmente não me vejo com um monte de crianças gritando à minha volta."

"Não se preocupe, Niki", eu disse, rindo. "Não estou insistindo para que você se torne mãe imediatamente. Tive uma vontade passageira de ser avó, mais nada. Pensei que talvez você pudesse ajudar, mas isso pode esperar."

A menininha, de pé no banco do balanço, puxava as correntes com força, mas, por algum motivo, não conseguia que o balanço subisse mais. De todo modo, sorriu e falou outra vez com as mulheres.

"Uma amiga minha acaba de ter um bebê", disse Niki. "Está contente, de verdade. Não consigo entender por quê. Pariu uma coisinha horrível que não para de berrar."

"Bom, pelo menos ela está feliz. Quantos anos tem sua amiga?"

"Dezenove."

"Dezenove? É mais moça até que você. É casada?"

"Não. Que diferença isso faz?"

"Mas com certeza ela não pode estar feliz com isso."

"Por que não? Só por não estar casada?"

"Isso conta. E o fato de só ter dezenove anos. Não posso acreditar que esteja feliz com tudo isso."

"Que diferença faz se é casada ou não? Ela queria o filho, planejou tê-lo e tudo."

"Foi o que ela disse?"

"Mas, mamãe, conheço ela, é minha amiga. Sei que queria."

As mulheres no banco se levantaram. Uma delas chamou a garotinha, que desceu do balanço e correu para as duas.

"E o pai?", perguntei.

"Também ficou feliz. Lembro quando souberam. Fomos todos comemorar."

"Mas as pessoas sempre fingem que estão maravilhadas. É como um filme que eu vi na televisão, ontem à noite."

"Que filme?"

"Imagino que você não estivesse vendo. Você estava lendo uma revista."

"Ah, aquele. Parecia horroroso."

"E era mesmo. Mas é o que estou dizendo. Tenho certeza de que todo mundo recebe a notícia de que vai ter um filho como as pessoas desses filmes."

"Honestamente, mamãe, não sei como você pode ficar sentada e ver uma porcaria daquelas. Você mal via televisão. Lembro que costumava me criticar porque eu é que via demais."

Eu ri.

"Você vê como nossos papéis vão se alterando, Niki. Tenho certeza de que quer o meu bem. Tem que me obrigar a não perder tempo desse jeito."

Ao voltarmos da casa de chá, o céu se cobrira ameaçadoramente e a garoa ficara mais grossa. Havíamos deixado um pouco para trás a pequena estação de trem quando ouvimos uma voz que chamava: "Sra. Sheringham! Sra. Sheringham!".

Olhei para trás e vi que uma mulher baixinha, vestindo um longo casaco, corria na nossa direção.

"Pensei que era a senhora", ela disse, nos alcançando. "E como vai a senhora?" Ela me deu um sorriso bem alegre.

"Olá, sra. Waters", eu disse. "Que bom vê-la de novo."

"Parece que o tempo voltou a ficar horrível, hein? Ora, como vai, Keiko" — ela tocou no braço de Niki —, "não vi que era você."

"Não", eu disse às pressas, "essa é a Niki."

"Niki, é claro. Bom Deus, como você cresceu, querida. Foi por isso que me confundi. Você cresceu mesmo."

"Oi, sra. Waters", disse Niki, recuperando-se.

A sra. Waters não mora longe de mim. Atualmente, só a vejo vez ou outra, mas vários anos antes ela dera aulas de piano às minhas duas filhas. Ensinou Keiko por alguns anos, e depois Niki por um ano ou pouco mais, quando ainda era criança. Não levei muito tempo para ver que a sra. Waters era muito limitada como pianista e que sua atitude geral em relação à música com frequência me irritava; por exemplo, ela se referia às composições tanto de Chopin como de Tchaikóvski como "melodias encantadoras". Mas era uma mulher tão afetuosa que nunca tive coragem de procurar uma substituta.

"E o que você anda fazendo ultimamente, querida?", perguntou a Niki.

"Eu? Ah, estou morando em Londres."

"Ah, é? E o que faz lá? Estuda?"

"Na verdade não estou fazendo nada. Só moro lá."

"Ah, entendo. Mas está feliz lá, não? Isso é o mais importante, não é mesmo?"

"Sim, estou bem feliz lá."

"Bom, é isso o que importa. E a Keiko?" A sra. Waters se virou para mim. "Como vai a Keiko?"

"Keiko? Ah, foi viver em Manchester."

"É mesmo? De modo geral, é uma boa cidade. Pelo menos foi o que me disseram. E ela está gostando de lá?"

"Não nos falamos ultimamente."

"Ah, bom. Nenhuma notícia é uma boa notícia, assim espero. E a Keiko ainda toca piano?"

"Espero que sim. Não conversamos recentemente."

Ela pareceu por fim ter captado minha falta de entusiasmo e mudou de assunto com um riso sem jeito. Tal persistência da parte dela tinha marcado nossos encontros ao longo dos anos depois que Keiko fora embora de casa. Nem minha evidente relutância em falar sobre Keiko nem o fato de que até aquela tarde eu fora incapaz de lhe dizer ao menos onde minha filha morava conseguiram causar alguma impressão nela. Muito provavelmente, a sra. Waters continuará a me perguntar alegremente sobre minha filha sempre que nos encontrarmos por acaso.

Ao chegar em casa, a chuva não parava.

"Acho que a deixei desconfortável, não foi?", Niki me perguntou.

Estávamos mais uma vez sentadas em nossas poltronas, contemplando o jardim.

"Por que acha isso?"

"Eu devia ter dito que estava pensando em ir para a universidade ou alguma coisa assim."

"Não me importo nem um pouco com o que você diz sobre sua vida. Não tenho vergonha de você."

"Não, imagino que não."

"Mas achei que foi muito fria com ela. Nunca gostou muito daquela mulherzinha, não é?"

"A sra. Waters? Bem, eu odiava aquelas aulas dela. Eram um saco. Eu ficava viajando até que, de vez em quando, aquela vozinha me dizia para pôr o dedo aqui ou ali. Foi uma ideia sua, arranjar aquelas aulas?"

"Principalmente minha. Você sabe, já tive grandes planos para você."

Niki riu.

"Sinto muito ser um tamanho fracasso. Mas a culpa é sua. Não tenho a menor inclinação para a música. Na nossa casa tem uma garota que toca violão e tentou me ensinar alguns acordes, mas não me dei ao trabalho de aprender nada. Acho que a sra. Waters me afastou da música pelo resto da vida."

"Um dia você pode voltar, e então vai apreciar ter tido aquelas aulas."

"Mas já esqueci tudo que aprendi."

"Duvido que tenha esquecido tudo. Nada do que se aprende naquela idade é perdido para sempre."

"Seja como for, uma perda de tempo", Niki resmungou. Ela ficou sentada olhando pela janela durante algum tempo. Então se virou para mim e disse: "Acho que deve ser muito difícil dizer às pessoas. Quer dizer, sobre a Keiko".

"Foi mais fácil dizer o que eu disse", respondi. "Ela me pegou de surpresa."

"É, acho que sim." Niki continuou a olhar pela janela com uma expressão neutra. "A Keiko não foi ao enterro do papai, foi?", ela disse pouco depois.

"Você sabe muito bem que ela não foi. Então, por que está perguntando?"

"Só estava lembrando, nada mais."

"Quer dizer que não veio ao enterro dela porque ela não foi ao do seu pai? Não seja infantil, Niki."

"Não estou sendo infantil. Só estou dizendo o que aconteceu. Ela nunca foi parte da nossa vida. Pelo menos não da minha ou da do papai. Nunca esperei que ela fosse ao enterro dele."

Não respondi, e ficamos sentadas em nossas poltronas. Então Niki disse:

"Foi estranho agora há pouco, com a sra. Waters. Foi como se você tivesse gostado."

"Gostado do quê?"

"De fingir que a Keiko estava viva."

"Não gosto de enganar as pessoas."

Talvez tenha falado com um tom raivoso, porque Niki se mostrou assustada.

"Não, imagino que não", ela disse sem convicção.

Choveu durante toda a noite, e no dia seguinte — quarto dia da estada de Niki — continuou a chover sem parar.

"Você se importa se eu trocar de quarto hoje à noite?", Niki perguntou. "Posso ficar no que está vazio."

Estávamos na cozinha, lavando os pratos depois do café da manhã.

"O quarto vazio", dei uma risadinha. "Agora todos os quartos estão vazios. Não, não há por que não trocar. Não gosta mais do seu antigo quarto?"

"Me sinto meio esquisita dormindo lá."

"Que injusto, Niki! Esperava que você ainda sentisse que era o seu quarto."

"Eu sinto", ela disse logo. "Não é que não goste dele." Ficou em silêncio, secando algumas facas com um pano de prato. Por fim, falou: "É aquele outro quarto. O quarto dela. Me dá uma sensação estranha, aquele quarto bem em frente".

Parei o que estava fazendo e olhei para ela com ar severo.

"Bem, não posso evitar, mamãe. Só me sinto estranha pensando naquele quarto bem na frente."

"Passe para o quarto vazio, não tem nenhum problema", eu disse, com frieza. "Mas vai ter que fazer a cama lá."

Embora eu tivesse fingido estar aborrecida com o pedido de Niki para mudar de quarto, não desejava criar empecilho. Porque eu também tivera uma sensação inquietante sobre aquele quarto. Em muitos aspectos, é o mais agradável da casa, com uma vista magnífica do pomar. Mas, como fora o domínio fanaticamente defendido por Keiko durante tanto tempo, ainda pairava ali uma estranha espécie de sortilégio, seis anos depois que ela o abandonara — um sortilégio que se intensificara muito depois de sua morte.

Nos dois ou três anos que transcorreram antes de enfim nos deixar, Keiko se refugiara naquele quarto, excluindo-nos de sua vida. Quase não saía, embora às vezes eu a ouvisse andar pela casa depois de todos terem se deitado. Presumia que ela passasse o tempo lendo revistas e ouvindo rádio. Não tinha amigos, e todos nós éramos proibidos de entrar no quarto dela. Na hora das refeições, eu deixava seu prato na cozinha e ela descia para pegá-lo, trancando-se de novo em seguida. O quarto, eu me dei conta, estava num estado terrível. Vinha de lá um odor de perfume velho e roupas sujas e, nas ocasiões em que dei uma olhada lá dentro, via inúmeras revistas com capas coloridas espalhadas pelo chão em meio a montes de roupas. Tinha de insistir para que me entregasse as roupas para lavar, até chegarmos por fim ao menos a um entendimento: de tempos em tempos, eu encontrava ao lado da sua porta um saco com roupa suja, que eu lavava e devolvia. No fim, acabamos nos acostumando com os modos dela e, quando por algum impulso Keiko aparecia na sala de visitas, sentíamos uma grande tensão. Essas excursões sempre terminavam em brigas entre ela e Niki ou meu marido, seguidas por seu retorno ao quarto.

Nunca vi o quarto de Keiko em Manchester, o quarto onde morreu. Pode ser mórbido uma mãe ter tais pensamentos, mas, ao saber de seu suicídio, a primeira ideia que me ocorreu — antes mesmo de sentir o choque — foi me perguntar por quanto tempo ela ficara lá até ser encontrada. Keiko tinha vivido no seio da própria família sem ser vista durante dias e dias; assim, eu tinha pouca esperança de que seria descoberta rapidamente numa cidade estranha onde ninguém a conhecia. Mais tarde, o médico legista disse que ela estivera lá por "vários dias". Foi a senhoria quem abriu a porta, pensando que Keiko tinha ido embora sem pagar o aluguel.

Sempre me vem à mente a imagem de minha filha pendurada em seu quarto durante muitos dias. O horror dessa imagem nunca diminuiu, porém há muito tempo deixou de ser uma questão mórbida; assim como acontece com um ferimento em nosso próprio corpo, é possível desenvolver uma relação íntima com as coisas mais perturbadoras.

"Provavelmente vou me sentir mais confortável no quarto vazio, que de qualquer modo é mais quente", disse Niki.

"Se você sente frio de noite, Niki, basta aumentar o aquecimento."

"Acho que sim." Ela deu um suspiro. "Não tenho dormido muito bem nos últimos tempos. Estou tendo pesadelos, mas não consigo lembrar deles direito depois que acordo."

"Eu tive um sonho na noite passada", eu disse.

"Acho que é por causa do silêncio. Pode ter a ver com o silêncio. Não estou acostumada com tanto silêncio à noite."

"Sonhei com aquela menininha. A que observamos ontem. A garotinha no parque."

"Posso dormir com o barulho do tráfego, mas esqueci como é dormir com silêncio." Niki deu de ombros e deixou cair uns talheres na gaveta. "Talvez eu consiga dormir melhor no quarto vazio."

O fato de que mencionei meu sonho a Niki, na primeira vez que o tive, talvez indique que eu já então duvidava de que fosse inocente. Devo ter suspeitado desde o começo — sem saber exatamente a razão — de que o sonho não tinha tanto a ver com a menininha que havíamos observado, e sim com o fato de eu ter me lembrado de Sachiko dois dias antes.

# 4.

Certa tarde eu estava na cozinha preparando o jantar, antes que meu marido chegasse do trabalho, quando ouvi um som estranho vindo da sala de visitas. Parei o que estava fazendo e prestei atenção. Soou de novo — o arranhar de um violino muito mal tocado. Os ruídos continuaram por alguns minutos, depois pararam.

Quando mais tarde fui à sala, encontrei Ogata-San curvado sobre o tabuleiro de xadrez. O sol do fim da tarde adentrava o cômodo e, a despeito dos ventiladores elétricos, havia muita umidade em todo o apartamento. Abri um pouco mais as janelas.

"Vocês não terminaram o jogo ontem à noite?", perguntei, aproximando-me dele.

"Não, Jiro se queixou de que estava cansado demais. Suspeito que seja um truque dele. Você vê, eu tinha uma posição boa aqui no canto."

"Estou vendo."

"Ele está confiando no fato de que minha memória anda meio fraca ultimamente. Por isso estou revendo minha estratégia."

58

"Como você é esperto, papai. Mas duvido que a cabeça do Jiro seja assim tão astuciosa."

"Talvez não. Ouso dizer que você conhece ele hoje melhor do que eu." Ogata-San continuou a estudar o tabuleiro por algum tempo, depois ergueu a vista e riu. "Você deve achar graça sabendo que o Jiro está dando duro no escritório enquanto eu aqui preparo uma partida de xadrez para quando ele voltar. Eu me sinto como uma criancinha esperando pelo pai."

"Bom, prefiro que você se ocupe com o xadrez. Seu recital de música foi pavoroso."

"Que falta de respeito! E eu achando que você ficaria emocionada, Etsuko."

O violino estava no chão, perto da cadeira dele, já guardado no estojo. Ogata-San observou-me quando comecei a abrir o estojo.

"Vi ali em cima da estante", ele disse. "Tomei a liberdade de pegar. Não fique tão preocupada, Etsuko. Tomei muito cuidado com ele."

"Não posso ter tanta certeza assim. Como você mesmo diz, ultimamente o papai parece uma criança." Peguei o violino e o examinei. "Só que as criancinhas não conseguem alcançar as estantes mais altas."

Ajeitei o instrumento debaixo do queixo. Ogata-San continuou a me observar.

"Toque alguma coisa para mim", ele disse. "Tenho certeza de que sabe fazer isso melhor que eu."

"Também tenho." Mais uma vez afastei o violino do corpo. "Mas faz tanto tempo!"

"Quer dizer que não tem treinado? Isso é uma pena, Etsuko. Você costumava se dedicar tanto a esse instrumento."

"Houve um tempo em que me dedicava, sim. Mas quase não pego mais nele."

"Uma vergonha, Etsuko. Você era tão devotada! Lembro quando você tocava até no meio da noite, acordando todo mundo."

"Acordava todo mundo? Quando foi isso?"

"Sim, eu me lembro. Logo depois que foi morar conosco." Ogata-San soltou uma risada. "Não faça essa cara de preocupação, Etsuko. Todos nós perdoamos você. Mas, deixe-me ver... Qual era mesmo aquele compositor que você costumava admirar tanto? Era Mendelssohn?"

"Verdade? Acordava todo mundo?"

"Pare de se preocupar, Etsuko. Já se passaram muitos anos. Toque alguma coisa de Mendelssohn."

"Mas por que não me faziam parar?"

"Foi só durante umas poucas noites, no começo. Além disso, ninguém se importava nem um pouco."

Dedilhei as cordas de leve. O violino estava desafinado.

"Devo ter dado muito trabalho a vocês naquela época", falei baixinho.

"Bobagem."

"Mas o resto da família. Devem ter achado que eu era louca."

"Não podiam pensar tão mal de você. Afinal, acabou se casando com o Jiro. Agora vamos, Etsuko, chega disso. Toque alguma coisa para mim."

"Como é que eu era naquela época, papai? Parecia louca?"

"Você estava muito chocada, como era de esperar. Todos nós estávamos em estado de choque, nós que sobramos. Agora, Etsuko, vamos esquecer essas coisas. Sinto muito ter mencionado o assunto."

De novo ajeitei o instrumento sob o queixo.

"Ah", ele disse, "Mendelssohn."

Fiquei imóvel alguns segundos, o violino debaixo do queixo. Depois voltei a descansá-lo no colo e suspirei.

"Quase não toco mais", falei.

"Sinto muito, Etsuko." A voz de Ogata-San se tornara solene. "Talvez não devesse ter pegado o violino."

Olhei para ele e sorri.

"Quer dizer que a criancinha agora está se sentindo culpada."

"Foi só que o vi lá em cima e me lembrei daquele tempo."

"Vou tocar para você em outra hora. Depois de treinar um pouco."

Ele fez uma pequena reverência, o sorriso voltou a seus olhos.

"Vou me lembrar dessa promessa, Etsuko. E quem sabe você pode me ensinar um pouco."

"Não posso ensinar tudo para você, papai. Você disse que queria aprender a cozinhar."

"Ah, sim. Isso também."

"Vou tocar para você na próxima vez que vier nos visitar."

"Vou me lembrar do que você prometeu", ele disse.


Depois do jantar, Jiro e seu pai se acomodaram para dar sequência à partida de xadrez. Tirei as louças e comecei a costurar alguma coisa. Em certo momento, Ogata-San disse:

"Acabei de notar uma coisa. Se você não se importa, gostaria de refazer essa jogada."

"Sem dúvida", Jiro respondeu.

"Mas aí é muito injusto com você. Ainda mais porque acho que agora estou levando vantagem na partida."

"Não, nada disso. Por favor, faça uma nova jogada."

"Não se importa?"

"Nem um pouco."

Jogaram em silêncio.

"Jiro", disse Ogata-San minutos depois, "andei pensando. Você já escreveu aquela carta? Para o Shigeo Matsuda?"

Ergui os olhos da costura. Jiro parecia absorto no jogo e só respondeu depois de mover sua peça.

"Shigeo? Bem, ainda não. Pretendo fazer isso. Mas tenho andado muito ocupado esses dias."

"Claro, compreendo perfeitamente. É que me ocorreu de repente, só isso."

"Nos últimos dias não tenho tido tempo para nada."

"Sem problema, não tem pressa. Não vou ficar incomodando você com isso. Só que seria mais apropriado se ele recebesse algo vindo de você em breve. O artigo já foi publicado faz várias semanas."

"Claro, sem dúvida. Você tem toda razão."

Voltaram a jogar. Nenhum dos dois falou por algum tempo. Então Ogata-San disse:

"Como você acha que ele vai reagir?"

"Shigeo? Sei lá. Como eu disse, não faço ideia de como ele está hoje em dia."

"Você disse que ele entrou para o Partido Comunista?"

"Não tenho certeza. Mas certamente ele se mostrou simpático ao partido na última vez que o vi."

"Que pena! Mas agora existem tantas tentações para um homem moço no Japão!"

"É verdade."

"Muitos jovens hoje em dia se deixam atrair por ideias e teorias. Mas talvez ele recue e se desculpe. Não existe nada melhor do que uma oportuna recordação das obrigações pessoais de cada um. Suspeito que Shigeo nem tenha parado para considerar o que estava fazendo. Acho que escreveu aquele artigo com a caneta numa mão e os livros sobre comunismo na outra. É bem capaz de se retratar no final."

"É bem possível. É que tive muito trabalho recentemente."

"Claro, claro. Seu trabalho em primeiro lugar. Por favor, não se preocupe com isso. E agora, é minha vez?"

Continuaram jogando sem falar muito.

Em certo momento, ouvi Ogata-San dizer: "Você está fazendo exatamente o que eu esperava. Vai precisar ser muito esperto para escapar deste ataque".

Jogavam havia algum tempo quando ouvimos uma batida na porta. Jiro ergueu os olhos do tabuleiro e me lançou um olhar de relance. Pus de lado a costura e me levantei.

Quando abri a porta, me deparei com dois homens que sorriam e faziam reverências. Como já era bem tarde, de início pensei que tivessem batido no apartamento errado. Mas então os reconheci como colegas de Jiro e os convidei a entrar. Ficaram na porta, soltando risinhos nervosos. Um era gordo e baixinho, com o rosto muito corado. Seu companheiro era mais magro, com a pele clara de europeu. Mas tive a impressão de que os dois tinham bebido, porque eram visíveis as manchas rosadas em suas bochechas. Ambos usavam gravata com o nó desfeito e traziam o paletó dobrado sobre o braço.

Jiro pareceu alegre ao vê-los, chamando para que se sentassem. Mas eles continuaram junto à porta, dando risadinhas nervosas.

"Ah, Ogata", disse o homem de rosto pálido a Jiro, "talvez tenhamos chegado numa hora errada."

"De jeito nenhum. Mas o que andam fazendo por essas bandas?"

"Visitamos o irmão de Murasaki. Na verdade, ainda não fomos para casa."

"Viemos perturbá-lo porque estamos com medo de ir para casa", disse o gordo. "Não dissemos a nossas esposas que chegaríamos tarde."

"Vocês não valem nada mesmo!", disse Jiro. "Por que não tiram os sapatos e entram?"

"Chegamos numa hora errada", repetiu o de rosto pálido. "Estamos vendo que tem visita."

Ele sorriu e fez uma reverência na direção de Ogata-San.

"Esse é o meu pai, mas como posso apresentar vocês, se não entrarem?"

Os dois por fim tiraram os sapatos e se sentaram. Jiro apresentou-os ao pai, e eles voltaram a dar sorrisos nervosos, fazendo reverências.

"Os senhores trabalham na firma do Jiro?", perguntou Ogata-San.

"Sim, trabalhamos", respondeu o gordo. "E é também uma grande honra, embora ele nos faça sofrer muito. No escritório chamamos seu filho de Faraó, porque nos obriga a trabalhar como escravos enquanto ele mesmo não faz nada."

"Que mentira!", disse meu marido.

"É verdade. Ele nos dá ordens como se nós fôssemos seus criados. Aí se senta e fica lendo o jornal."

Ogata-San pareceu um pouco confuso, mas, vendo que os outros riam, levou também na brincadeira.

"E o que é isso aí?" O sujeito de rosto pálido indicou o tabuleiro. "Está vendo, sabia que íamos interromper alguma coisa."

"Estávamos jogando xadrez só para passar o tempo", disse Jiro.

"Então continuem a jogar. Não deixem gentinha como nós interromper a partida."

"Não seja bobo. Como eu poderia me concentrar com idiotas como vocês por perto?" Jiro empurrou o tabuleiro. Uma ou duas peças caíram e ele as pôs de volta sem olhar as casas. "Quer dizer que vocês foram ver o irmão do Murasaki. Etsuko, prepare um chá para os senhores", disse meu marido, embora eu já estivesse a caminho da cozinha. Mas então o gordo começou a acenar freneticamente.

"Minha senhora, minha senhora, sente-se, por favor. Já estamos de saída. Sente-se, por favor."

"Não é nenhum problema", eu disse, rindo.

"Não, minha senhora. Eu lhe imploro", ele falou em voz muito alta. "Como disse seu marido, nós não valemos nada. Por favor, não se incomode, por favor, sente-se."

Eu estava prestes a obedecer quando vi que Jiro me lançava um olhar irritado.

"Pelo menos tomem um pouco de chá conosco", eu disse. "Não é problema nenhum."

"Agora que vocês se sentaram, podem ficar mais um pouco", disse meu marido para os visitantes. "De todo modo, quero que me falem do irmão de Murasaki. Ele é tão louco quanto dizem?"

"É mesmo um figurão", disse o gordo, rindo. "Não ficamos nem um pouco desapontados. E alguém já lhe falou sobre a mulher dele?"

Fiz uma reverência, fui para a cozinha sem ser notada, preparei o chá e pus num prato os bolinhos que cozinhara mais cedo. Podia ouvir os risos vindo da sala de visitas, inclusive os de meu marido. Um dos visitantes o chamara outra vez de Faraó, em voz alta. Quando voltei à sala, Jiro e seus visitantes pareciam animadíssimos. O gordo contava uma anedota sobre o encontro de alguns ministros com o general MacArthur. Pus os bolinhos perto deles, servi o chá e depois me sentei ao lado de Ogata-San. Os amigos de Jiro contaram muitas outras anedotas sobre políticos, e então o de rosto pálido fingiu ficar ofendido porque seu companheiro falou de forma depreciativa de um personagem que ele admirava. Fez uma cara séria enquanto os outros zombavam dele.

"Aliás, Hanada", meu marido lhe disse, "outro dia ouvi uma história interessante no escritório. Disseram que, na última eleição, você ameaçou bater em sua mulher com um taco de golfe porque ela não ia votar no candidato que você queria."

"Onde é que ouviu essa besteira?"

"De fontes confiáveis."

"Isso mesmo", disse o gordo. "E sua mulher ia chamar a polícia para registrar a intimidação política."

"Quanta bobagem! Além disso, não tenho mais nenhum taco de golfe. Vendi todos no ano passado."

"Você ainda tem um taco 7 de ferro", disse o gordo. "Vi no seu apartamento semana passada. Talvez tenha usado esse."

"Mas não pode negar, pode, Hanada?", perguntou Jiro.

"Essa do taco de golfe é um absurdo."

"Mas é verdade que você não conseguiu fazer com que ela obedecesse."

O homem de rosto pálido deu de ombros.

"Bom, é direito dela votar como quiser."

"Então, por que a ameaçou?", perguntou seu amigo.

"Eu estava tentando fazer ela ter bom senso. Minha mulher vota no Yoshida só porque ele se parece com o tio dela. Coisa típica de mulher. Não compreendem nada de política. Pensam que podem escolher os líderes do país como escolhem os vestidos."

"Então você lhe aplicou um 7 de ferro", disse Jiro.

"Isso é mesmo verdade?", perguntou Ogata-San.

Ele não tinha aberto a boca desde que voltei com o chá. Os outros três pararam de rir e o homem de rosto pálido olhou para Ogata-San com uma expressão de surpresa.

"Ora, claro que não." Ficou de repente formal e fez uma pequena reverência. "Na verdade, não bati nela."

"Não, não", disse Ogata-San. "Quer dizer, o senhor e sua mulher votaram em partidos diferentes?"

"Votamos, sim." Deu de ombros e soltou outro risinho sem jeito. "O que eu podia fazer?"

"Desculpe, não queria parecer intrometido."

Ogata-San fez uma pequena reverência, respondida do mesmo modo pelo sujeito de rosto pálido. Como se as reverências fossem um sinal, os três homens mais moços voltaram a rir e conversar entre si. Deixando de lado a política, falaram de vários funcionários da firma. Enquanto servia mais chá, notei que, apesar de eu haver trazido um volume generoso de bolinhos, eles tinham quase sumido. Acabei de encher as xícaras de novo e me sentei mais uma vez ao lado de Ogata-San.

Os visitantes se demoraram por mais ou menos uma hora. Jiro os levou à porta e sentou-se com um suspiro.

"Está ficando tarde", ele disse. "Tenho que ir para a cama daqui a pouco."

Ogata-San estudava o tabuleiro.

"Acho que as peças estão fora do lugar", ele disse. "Tenho certeza de que o cavalo estava nesta casa, não naquela."

"É bem provável."

"Então vou botar ali. Estamos de acordo sobre isso?"

"Sim, sim, tenho certeza de que você tem razão. Vamos ter que acabar a partida outra hora, papai. Preciso ir dormir agorinha mesmo."

"Que tal mais umas jogadas? Talvez dê para acabar."

"De verdade, prefiro não jogar. Estou muito cansado."

"Claro."

Guardei a costura que iniciara e fiquei sentada, esperando que os outros se retirassem. No entanto, Jiro pegou um jornal e começou a ler a última página. Depois apanhou o bolinho que sobrara no prato e comeu sem pressa. Após alguns minutos, Ogata-San disse:

"Talvez devêssemos terminar agora. Só faltam algumas jogadas."

"Papai, estou mesmo muito cansado agora. Tenho trabalho amanhã de manhã."

"Sim, é claro."

Jiro voltou a ler o jornal. Continuou a comer o bolinho e vi que várias migalhas caíam no tatame. Ogata-San ainda ficou estudando o tabuleiro por algum tempo.

"Muito extraordinário", acabou dizendo, "o que seu amigo falou."

"Hã? Sobre o quê?"

Jiro não tirou os olhos do jornal.

"Sobre ele e a mulher votarem em partidos diferentes. Alguns anos atrás isso seria impensável."

"Sem dúvida."

"Muito extraordinário o que acontece agora. Mas é o que se entende por democracia, acho que é." Ogata-San suspirou. "Essas coisas que aprendemos com tanta avidez dos norte-americanos, nem sempre são boas."

"Não, de fato não são."

"Veja o que acontece. Marido e mulher votando em partidos diferentes. É uma tristeza quando não se pode mais confiar na mulher nessas questões."

Jiro continuou a ler o jornal.

"Sim, é lamentável", ele disse.

"Atualmente, uma mulher não tem a menor lealdade para com a família. Faz o que quer, vota num partido diferente se lhe dá na telha. Isso é típico da maneira que as coisas passaram a ser no Japão. Em nome da democracia, as pessoas abandonam suas obrigações."

Jiro olhou para o pai por um instante, voltando depois a ler o jornal.

"Sem dúvida você tem razão", ele disse. "Mas nem tudo o que os norte-americanos trouxeram é tão ruim."

"Os norte-americanos nunca entenderam como eram as coisas no Japão. Não entenderam nem por um momento. Os costumes deles podem ser bons para os norte-americanos, mas no

68

Japão as coisas são diferentes, muito diferentes." Ogata-San suspirou de novo. "Disciplina, lealdade, essas coisas mantinham o Japão inteiro, no passado. Pode parecer fantasia, mas é verdade. As pessoas eram unidas por um senso de dever. Com relação à família, aos superiores, ao país. Mas agora, em vez disso, há toda essa conversa de democracia. Ouve-se falar nisso sempre que as pessoas querem ser egoístas, sempre que querem esquecer suas obrigações."

"Sim, sem dúvida você tem razão."

Jiro bocejou e coçou o lado do rosto.

"Veja, por exemplo, o que aconteceu com minha profissão. Aqui havia um sistema que tínhamos criado e apreciado durante muitos anos. Os norte-americanos chegaram e derrubaram tudo, arrasaram tudo sem parar para pensar um minuto. Decidiram que nossas escolas tinham que ser como as deles, as crianças tinham que aprender o que aprendem as crianças de lá. E os japoneses aceitaram de bom grado. Aceitaram com muita conversa sobre a democracia", ele balançou a cabeça. "Muitas coisas boas foram destruídas em nossas escolas."

"Sim, tenho certeza de que isso é muito verdadeiro." Jiro ergueu os olhos mais uma vez. "Mas sem dúvida havia algumas falhas no velho sistema, tanto nas escolas como em outros lugares."

"Jiro, o que é isso? Alguma coisa que leu por aí?"

"É só minha opinião."

"Leu isso em seu jornal? Devotei minha vida ao ensino dos jovens. E então vi os norte-americanos arrasarem tudo. É muito extraordinário o que acontece nas escolas agora, o modo como ensinam as crianças a se comportar. Extraordinário. E tanta coisa simplesmente deixou de ser ensinada. Você sabe que as crianças hoje em dia saem da escola sem conhecer nada sobre a história do próprio país?"

"Isso é uma pena, admito. Mas me lembro de algumas coisas estranhas do meu tempo de escola. Por exemplo, lembro que me ensinavam como o Japão tinha sido criado pelos deuses. Como nós, como nação, éramos divinos e supremos. Éramos obrigados a aprender de cor um manual, palavra por palavra. Talvez algumas coisas não tenham sido uma grande perda."

"Mas, Jiro, as coisas não são assim tão simples. Você pelo jeito não entende como as coisas funcionavam. As coisas não são tão simples como supõe. Nós nos dedicávamos a garantir que as qualidades corretas fossem transmitidas, que as crianças crescessem com uma atitude adequada com relação a seu país, a seus compatriotas. Havia um espírito de unidade no Japão, algo que nos mantinha todos juntos. Imagine só como um menino deve se sentir hoje. Não lhe ensinam nenhum valor na escola. Com exceção, talvez, de que deve exigir para si tudo o que quer na vida. Vai para casa e encontra os pais brigando porque a mãe se recusa a votar no partido de seu pai. A que estado as coisas chegaram!"

"É, entendo seu argumento. Agora, papai, sinto muito mas tenho que ir dormir."

"Fizemos o possível, homens como Endo e eu, fizemos o possível para cuidar do que era bom para o país. Muita coisa boa foi destruída."

"É muito lamentável." Meu marido se pôs de pé. "Me desculpe, papai, mas tenho que dormir. Amanhã vai ser outro dia de muito trabalho."

Ogata-San olhou para o filho com uma expressão que denotava certa surpresa.

"Ora, é claro. Foi falta de consideração minha mantê-lo acordado até tão tarde."

Fez uma pequena reverência.

"De forma nenhuma. Sinto muito não podermos conversar mais, mas agora realmente preciso dormir."

"Sem dúvida."

Jiro desejou ao pai uma boa noite de sono e saiu da sala. Durante alguns segundos, Ogata-San ficou olhando fixamente para a porta por onde Jiro desaparecera, como se esperasse que seu filho voltasse a qualquer momento. Depois se virou na minha direção com um olhar de preocupação.

"Não me dei conta de como era tarde", ele disse. "Não tinha a intenção de manter Jiro acordado."

# 5.

"Foi embora? E não deixou nenhuma mensagem no hotel?"

Sachiko riu.

"Você parece tão assombrada, Etsuko", ela disse. "Não, não deixou nada. Saiu ontem de manhã, é tudo que eles sabiam. Para dizer a verdade, eu estava mais ou menos esperando por isso."

Dei-me conta de que ainda estava segurando a bandeja. Descansei-a cuidadosamente e depois me sentei numa almofada de frente para Sachiko. Naquela manhã, uma brisa agradável soprava por todo o apartamento.

"Mas que coisa mais terrível para você", eu disse. "Esperando com tudo nas malas, pronta para partir."

"Não é uma novidade para mim, Etsuko. Lá em Tóquio, foi onde o conheci, sabe?, lá em Tóquio foi a mesma coisa. Ah, não, isso não tem nada de novo para mim. Aprendi a prever essas coisas."

"E você diz que vai para a cidade hoje de noite? Sozinha?"

"Não fique tão chocada, Etsuko. Depois de Tóquio, Nagasaki parece uma cidade muito tranquila. Se ele ainda estiver em

Nagasaki, vou encontrá-lo hoje de noite. Pode ter mudado de hotel, mas não mudou de hábitos."

"Mas tudo isso é tão angustiante. Se quiser, será um prazer ficar com a Mariko até você voltar."

"Ora, é muito gentil de sua parte. Mariko é bem capaz de ficar sem ninguém, mas, se você está pronta para passar algumas horas com ela hoje à noite, seria muito simpático. Tenho certeza de que tudo vai se resolver, Etsuko. Você sabe, quando alguém viveu o que eu já vivi, aprende a não deixar que pequenos retrocessos como esse gerem preocupação."

"Mas, e se ele tiver… se tiver ido embora de vez de Nagasaki?"

"Ah, não terá ido longe, Etsuko. Além disso, se realmente decidiu me abandonar, teria deixado algum tipo de bilhete, não é mesmo? Você entende, ele não foi para muito longe. Sabe que vou encontrá-lo."

Sachiko olhou para mim e sorriu. Não tive como responder.

"Além disso, Etsuko", ela continuou, "ele veio até aqui. Veio lá de longe até Nagasaki para descobrir que eu estava na casa do meu tio, veio lá de Tóquio. Ora, por que teria feito isso se não deseja cumprir tudo o que prometeu? Você vê, Etsuko, o que ele mais quer é me levar para os Estados Unidos. É isso que ele quer. Nada mudou de fato, é só um pequeno atraso." Ela soltou uma risadinha. "Às vezes, sabe, ele se comporta como uma criança."

"Mas o que acha que seu amigo pretende fazer, indo embora desse jeito? Não entendo."

"Não há nada para entender, Etsuko, não importa. O que ele quer de verdade é me levar para os Estados Unidos e ter uma vida tranquila e respeitável por lá. É isso o que ele de fato quer. Senão por que teria vindo de tão longe e me achado na casa do meu tio? Veja, Etsuko, não tem por que se preocupar tanto."

"É, tenho certeza de que não tem mesmo."

Sachiko parecia prestes a falar de novo, mas se conteve. Olhou fixamente para as coisas do chá na bandeja.

"Então, Etsuko", ela disse, sorrindo, "vamos servir o chá."

Observou em silêncio enquanto eu servia. Em certo momento, quando olhei para ela de relance, sorriu como se quisesse me encorajar. Acabei de servir o chá, e durante algum tempo lá ficamos caladas.

"Aliás, Etsuko", disse Sachiko, "acredito que você falou com a sra. Fujiwara e explicou minha situação."

"Sim. Nos vimos dois dias atrás."

"Suponho que ela deva estar se perguntando o que aconteceu comigo."

"Expliquei que você tinha ido para os Estados Unidos. Ela se mostrou muito compreensiva."

"Você entende, Etsuko", disse Sachiko, "estou agora numa situação difícil."

"Sim, posso ver."

"Com relação às finanças, assim como tudo mais."

"Sim, entendo", eu disse, com uma pequena reverência. "Se quiser, eu posso falar com a sra. Fujiwara. Tenho certeza de que, nas circunstâncias atuais, ela ficaria feliz em…"

"Não, não, Etsuko", Sachiko deu uma risada, "não tenho o menor desejo de voltar para o restaurantezinho dela. Espero ir para os Estados Unidos muito em breve. Foi apenas um pequeno atraso, mais nada. Mas, enquanto isso, você entende, preciso de algum dinheiro. E me lembrei, Etsuko, que você se ofereceu para me ajudar nessa questão."

Ela olhava para mim com um sorriso bondoso. Retribuí seu olhar por alguns segundos. Então fiz uma reverência e disse:

"Tenho algumas economias. Não é muito, mas terei prazer em fazer o possível."

Sachiko fez uma reverência elegante, erguendo depois a xícara de chá.

"Não vou constrangê-la mencionando uma determinada quantia, é óbvio que isso fica por sua conta. Aceitarei de bom grado o que achar correto. Claro que o empréstimo será pago oportunamente, pode ficar tranquila quanto a isso, Etsuko."

"Naturalmente", falei baixinho. "Não tenho dúvida sobre isso."

Sachiko continuou a me observar com aquele sorriso bondoso. Pedi licença e saí da sala.

O sol penetrava no quarto, revelando toda a poeira suspensa no ar. Ajoelhei-me junto a umas pequenas gavetas na parte inferior de nossa cômoda. Tirei vários itens da gaveta mais baixa — álbuns de fotografia, cartões de festas, uma pasta de aquarelas pintadas por mamãe —, depositando-os com cuidado no chão, ao meu lado. No fundo da gaveta estava a caixa de presente de laca preta. Levantando a tampa, encontrei várias cartas que guardara— sem que meu marido soubesse —, além de duas ou três pequenas fotografias. Debaixo delas, tirei o envelope que continha meu dinheiro. Repus tudo cuidadosamente como estava antes, e fechei a gaveta. Antes de sair do quarto, abri o armário de roupas, escolhi um lenço de seda com estampas adequadamente discretas e com ele embrulhei o envelope.

Ao voltar para a sala de visitas, Sachiko enchia de novo sua xícara de chá. Não ergueu a vista e, quando pus o lenço dobrado no chão a seu lado, continuou a servir o chá sem olhar para ele. Fez um gesto com a cabeça quando me sentei, e depois começou a tomar o chá. Só uma vez, ao baixar a xícara, deu um rápido olhar de lado, na direção do embrulhinho junto à sua almofada.

"Tem uma coisa que você parece não entender, Etsuko", ela disse. "Sabe, não tenho vergonha de nada nem me sinto sem jeito por nada que fiz. Você pode perguntar o que quiser."

"Sim, é claro."

"Por exemplo, Etsuko, por que nunca me pergunta nada sobre meu 'amigo', como insiste em chamá-lo? Realmente não há nenhum motivo para ficar constrangida. Ora, Etsuko, você já está começando a corar!"

"Posso garantir que não estou ficando constrangida."

"Mas está, Etsuko, dá para ver que está." Sachiko soltou uma risada e bateu palmas. "Mas por que não consegue entender que não tenho nada a esconder, nada que me envergonhe? Por que está ficando assim tão vermelha? Só porque mencionei o Frank?"

"Mas não estou constrangida. E garanto que nunca fiz nenhuma suposição."

"Por que nunca me pergunta sobre ele, Etsuko? Você deve ter muitas perguntas que gostaria de fazer. Então por que não pergunta? Afinal de contas, todo mundo na vizinhança parece bem interessado, e você deve estar também, Etsuko. Por isso, fique à vontade. Me pergunte o que quiser."

"Mas eu realmente…"

"Vamos, Etsuko, eu insisto. Me pergunte sobre ele. Quero que faça isso. Me pergunte sobre ele, Etsuko."

"Então muito bem."

"Está bem? Vamos, Etsuko, pergunte."

"Muito bem. Qual é a aparência dele, de seu amigo?"

"A aparência dele?" Sachiko voltou a rir. "É tudo o que você quer saber? Bom, ele é alto como a maioria desses estrangeiros e os cabelos estão rareando. Não é velho, entende? Os estrangeiros ficam carecas mais facilmente, sabia disso, Etsuko? Agora me pergunte alguma outra coisa sobre ele. Deve ter muitas coisas que quer saber."

"Bom, muito francamente…"

"Vamos, Etsuko, pergunte. Quero que pergunte."

"Mas, de verdade, não há nada que eu queira saber."

"Mas deve ter, por que não pergunta? Me pergunte sobre ele, Etsuko, vamos."

"Bem, na verdade", eu disse, "tem uma coisa que eu queria saber."

Sachiko pareceu de repente se enrijecer. Vinha mantendo as mãos juntas à frente do corpo, mas agora as baixou para o colo.

"Queria saber", eu disse, "se ele fala japonês."

Por um momento, Sachiko nada disse. Depois sorriu e deu a impressão de ficar descontraída. Ergueu a xícara outra vez e bebeu vários goles. Voltou então a falar, com uma voz quase sonhadora.

"Os estrangeiros têm tanta dificuldade com nossa língua!", ela disse. Fez uma pausa e sorriu para si própria. "O japonês do Frank é terrível, por isso conversamos em inglês. Você sabe inglês, Etsuko? Nem um pouco? Sabe, meu pai falava bem inglês. Tinha contatos na Europa e sempre me encorajava a estudar a língua. Mas então, é claro, parei de estudar quando me casei. Meu marido proibiu. Tirou todos os meus livros de inglês. Mas não esqueci o que tinha aprendido. Quando conheci estrangeiros em Tóquio, tudo voltou."

Ficamos sentadas em silêncio por algum tempo. Sachiko então soltou um suspiro cansado.

"Acho que preciso voltar logo", ela disse. Estendeu a mão e pegou o lenço dobrado. Depois, sem inspecionar seu conteúdo, deixou-o cair dentro da bolsa.

"Não quer mais um pouco de chá?", perguntei.

Ela deu de ombros.

"Talvez só um pouquinho."

Enchi as xícaras mais uma vez. Sachiko me observou e depois disse: "Se for inconveniente, sobre hoje à noite, quero dizer, não faz mal. A essa altura, a Mariko deve ser capaz de ficar sozinha".

"Nenhum problema. Tenho certeza de que meu marido não vai se opor."

"Você é muito boa, Etsuko", disse Sachiko sem nenhuma entonação especial. Depois falou: "Talvez você deva saber. Minha filha tem andado bem difícil nos últimos dias".

"Não faz mal", eu disse, sorrindo. "Tenho que me acostumar com todos os estados de espírito das crianças."

Sachiko continuou a tomar o chá lentamente. Parecia não ter pressa em voltar para casa. Por fim descansou a xícara e, durante alguns momentos, estudou as costas das mãos.

"Sei que foi terrível o que aconteceu aqui em Nagasaki", disse finalmente. "Mas também foi ruim em Tóquio. Durou várias semanas, foi muito ruim. Lá pelo fim, estávamos todos vivendo em túneis e edifícios arruinados, só havia entulho por toda parte. Todo mundo que vivia em Tóquio viu coisas desagradáveis. E a Mariko também viu." Não parou de contemplar as costas das mãos.

"Sim", eu disse. "Devem ter sido tempos bem difíceis."

"Aquela mulher. A mulher de quem a Mariko falou com você. Foi uma pessoa que ela viu em Tóquio. Viu outras coisas lá, coisas terríveis, mas sempre se lembra dessa mulher."

Virou as mãos e estudou as palmas, como se as comparasse.

"E essa mulher", eu disse, "foi morta num ataque aéreo?"

"Ela se matou. Dizem que cortou a garganta. Nunca a vi. Mariko saiu correndo certa manhã. Não me lembro por quê, talvez estivesse aborrecida com alguma coisa. Seja como for, saiu correndo para a rua e eu fui atrás. Era muito cedo, não tinha ninguém à vista. Mariko entrou correndo num beco, eu atrás. O beco terminava num canal, e a mulher estava ajoelhada lá, com água até os ombros. Uma mulher jovem, muito magra. Me dei conta de que havia algo de errado logo que a vi. Então, Etsuko, ela virou o rosto e sorriu para a Mariko. Sabia que tinha algo de errado, e a Mariko também deve ter sentido isso porque parou de correr. De início achei que a mulher era cega, tinha um olhar vazio, os olhos pareciam não enxergar nada. Bom, ela levantou os braços mergulhados no canal e nos mostrou o que segurava debaixo d'água. Era um bebê. Então peguei a Mariko e saímos do beco."

Permaneci em silêncio, esperando que ela continuasse. Sachiko serviu-se de mais chá.

"Como lhe disse, ouvi dizer que a mulher se matou. Isso aconteceu alguns dias depois."

"Qual era a idade da Mariko?"

"Cinco anos, quase seis. Ela viu outras coisas em Tóquio. Mas sempre se lembra dessa mulher."

"Ela viu tudo? Viu o bebê?"

"Viu. Na verdade, durante muito tempo pensei que não tivesse compreendido o que viu. Não falou sobre aquilo, depois. Nem pareceu especialmente perturbada na hora. Só mais ou menos um mês depois começou a falar daquilo. Nessa época, estávamos dormindo num velho edifício. Acordei certa noite e vi a Mariko sentada, com o olhar fixo na entrada. Não havia uma porta, só a entrada aberta, e a Mariko estava sentada, olhando para lá. Fiquei muito alarmada. Você entende. Não tinha nada que impedisse alguém de entrar no edifício. Perguntei o que havia de errado, e ela disse que uma mulher estivera lá, de pé, nos olhando. Perguntei que tipo de mulher e a Mariko disse que era a que tínhamos visto naquela manhã. E que ficou nos olhando da entrada. Levantei-me e dei uma volta por ali, mas não havia ninguém. Obviamente, é bem possível que alguma mulher tivesse estado lá. Nada impedia que alguém entrasse."

"Entendo. E a Mariko a confundiu com a mulher que tinham visto."

"Espero que tenha sido isso. De todo modo, foi quando começou a obsessão da Mariko com aquela mulher. Pensei que ela tivesse superado, mas recentemente recomeçou. Se ela começar a falar sobre isso hoje à noite, por favor, não lhe dê atenção."

"Está bem, compreendo."

"Você sabe como são as crianças", disse Sachiko. "Brincam de faz de conta e ficam confusas, sem saber onde começam e terminam suas fantasias."

"Sim, suponho que não seja realmente nada excepcional."

"É, Etsuko, as coisas eram muito difíceis quando a Mariko nasceu."

"Devem ter sido, sim", eu disse. "Sei que tive muita sorte."

"As coisas eram muito difíceis. Talvez eu tenha sido tola de me casar naquela época. Afinal, todos podiam ver que estava vindo uma guerra. Mas, Etsuko, ninguém sabia o que de fato era uma guerra, não naquele tempo. Me casei com um homem de uma família altamente respeitada. Nunca imaginei que uma guerra pudesse mudar tanto a situação."

Sachiko descansou a xícara e passou a mão pelos cabelos. Depois deu um pequeno sorriso.

"Quanto a hoje de noite, Etsuko", ela disse, "minha filha é perfeitamente capaz de se divertir sozinha. Por isso, não se preocupe muito com ela, por favor."


O rosto da sra. Fujiwara costumava exibir uma expressão de cansaço quando ela falava sobre o filho.

"Ele está ficando velho", vinha dizendo. "Daqui a pouco só vai poder escolher uma mulher de idade."

Estávamos sentadas no pátio da frente de seu restaurante de lámen. Várias mesas estavam ocupadas por funcionários dos escritórios durante a hora do almoço.

"Pobre Kazuo-San", eu disse, soltando uma risada. "Mas posso compreender como ele se sente. Foi tão triste com a srta. Michiko. E eles ficaram noivos durante muito tempo, não foi?"

"Três anos. Nunca entendi esses noivados longos. Sim, a Michiko era uma moça simpática. Tenho certeza de que seria a primeira a concordar comigo sobre a tristeza de Kazuo por tê-la perdido. Ela gostaria que ele tocasse a vida."

"Mas deve ser difícil para ele. Fazer tantos planos, e tudo se acabar daquele jeito."

"Mas já ficou no passado", disse a sra. Fujiwara. "Nós todos temos que deixar as coisas para trás. Você também, Etsuko, lembro que ficou de coração partido na época. Mas conseguiu seguir em frente."

"É, mas dei sorte. Ogata-San foi muito bondoso para mim naquela hora. Não sei o que seria de mim se não tivesse sido por ele."

"É, ele foi muito bom com você. E, naturalmente, foi assim que conheceu seu marido. Mas você merecia ter sorte."

"Realmente não sei o que seria de mim se Ogata-San não tivesse me acolhido. Mas posso compreender como deve ser difícil, para seu filho, é o que quero dizer. Eu mesma ainda penso às vezes no Nakamura-San. Não consigo evitar. Às vezes acordo e esqueço. Penso que ainda estou aqui, em Nakagawa."

"Olha, Etsuko, não fale assim." A sra. Fujiwara me olhou por alguns instantes, depois soltou um suspiro. "Mas isso também acontece comigo. Como você disse, de manhã, quando a gente acorda, pode ser pega de surpresa. Muitas vezes acordo pensando que vou ter que correr e preparar o café da manhã para todos eles."

Ficamos em silêncio por um momento. Então a sra. Fujiwara riu um pouco.

"Você é muito má, Etsuko", ela disse. "Viu, me fez falar desse jeito agora."

"Foi muita tolice minha", eu falei. "De toda forma, nunca houve nada entre mim e Nakamura-San, quer dizer, nada tinha sido decidido."

A sra. Fujiwara continuou a me olhar, balançando a cabeça por conta de algum pensamento. Depois, do outro lado do pátio, um freguês levantou-se, pronto para sair.

Observei a sra. Fujiwara ir até ele, um jovem bem alinhado, com camisa de manga comprida. Trocaram reverências e começaram a conversar de modo animado. O homem fez algum comentário ao fechar a pasta e a sra. Fujiwara riu efusivamente.

Fizeram mais reverências mútuas, ele desapareceu em meio aos pedestres que enchiam as calçadas. Fiquei grata pela oportunidade de controlar minhas emoções. Quando a sra. Fujiwara voltou, eu disse:

"Preciso ir andando. Você está muito ocupada agora."

"Trate de ficar aí e relaxar. Acabou de se sentar. Vou lhe servir um almoço."

"Não, está tudo bem."

"Olha, Etsuko, se não comer aqui, não vai almoçar na próxima hora. E sabe como é importante comer de forma regular nesse estágio."

"Sim, é verdade."

A sra. Fujiwara me observou atentamente por um instante. Depois disse: "Você tem tudo de bom à sua frente, Etsuko. Por que está tão infeliz?".

"Infeliz? Mas não estou nem um pouco infeliz."

Como ela continuasse a me olhar, comecei a rir de nervoso.

"Depois que a criança chegar", ela disse, "você vai se sentir ótima, creia em mim. E vai ser uma mãe admirável, Etsuko."

"Espero que sim."

"Claro que será."

"Sim."

Levantei a vista e sorri.

A sra. Fujiwara assentiu com a cabeça, e levantou-se de novo.


O interior da casa de Sachiko tinha ficado cada vez mais escuro — só havia uma lanterna na sala —, e de início pensei que Mariko estava olhando para uma mancha preta na parede. Ela estendeu o dedo, e a forma se moveu um pouco. Só então me dei conta de que era uma aranha.

"Mariko, deixe isso. Não é bom mexer nela."

Ela levou as duas mãos às costas, mas continuou a observar a aranha.

"A gente tinha uma gata", ela disse. "Antes de vir para cá. Ela pegava as aranhas."

"Entendo. Mas agora deixe ela em paz, Mariko."

"Mas não é venenosa."

"Sei, mas não mexa nela, é suja."

"A nossa gata costumava comer as aranhas. O que acontece se eu comer uma aranha?"

"Não sei, Mariko."

"Ia ficar doente?"

"Não sei." Retomei a costura que tinha trazido. Mariko continuou a observar a aranha. Passado algum tempo, ela disse: "Sei por que você veio aqui esta noite".

"Vim porque não é bom que uma menina fique sozinha."

"Foi por causa da mulher. Porque a mulher pode voltar."

"Por que você não me mostra mais desenhos? Os que me mostrou há pouco eram muito bonitos."

Mariko não respondeu. Caminhou até a janela e olhou para a escuridão.

"Sua mãe não deve demorar", eu disse. "Por que não me mostra mais desenhos?"

Mariko continuou a olhar para a escuridão. Voltou depois para o canto em que estava sentada antes de a aranha chamar sua atenção.

"O que você fez durante o dia, Mariko?", perguntei. "Algum desenho?"

"Brinquei com o Atsu e a Mee-Chan."

"Que bom. E onde eles moram? Lá nos apartamentos?"

"Esse é o Atsu", apontou para um dos gatinhos pretos a seu lado, "e aquela é a Mee-Chan."

Eu ri.

"Ah, entendi. São uma gracinha, não são? Mas você nunca brinca com outras crianças? As crianças dos apartamentos?"

"Brinco com o Atsu e a Mee-Chan."

"Mas devia tentar fazer amizade com outras crianças. Tenho certeza de que todas elas são boazinhas."

"Roubaram o Suji-Chan. Era meu gatinho preferido."

"Roubaram? Ah, minha querida, por que fizeram isso?"

Mariko começou a acariciar um gatinho.

"Agora não tenho mais o Suji-Chan."

"Talvez ele apareça daqui a pouco. Tenho certeza de que as crianças só estavam brincando."

"Mataram ele. Agora perdi o Suji-Chan."

"Ah. Não entendo por que fizeram uma coisa dessas."

"Joguei pedras neles. Porque disseram umas coisas."

"Bem, você não devia jogar pedras, Mariko."

"Eles disseram uma porção de coisas. Sobre a mamãe. Joguei pedras neles, eles levaram o Suji-Chan e não me devolveram."

"Bem, você ainda tem os outros filhotes."

Mariko atravessou a sala outra vez a caminho da janela. Tinha altura suficiente para apoiar os cotovelos no peitoril. Olhou para a escuridão por alguns minutos, o rosto bem próximo do vidro.

"Quero sair agora", ela disse de repente.

"Sair? Mas é muito tarde, está escuro lá fora. E sua mãe volta a qualquer minuto."

"Mas eu quero sair."

"Trate de ficar aqui, Mariko."

Ela continuou a olhar para fora. Tentei ver o que ela conseguia enxergar; de onde me encontrava, só via as trevas.

"Talvez você devesse ser mais boazinha com as outras crianças. Aí podia fazer amizade com elas."

"Eu sei por que mamãe pediu para você vir aqui."

"Não pode esperar fazer amigos se você joga pedras."

"É por causa da mulher. É porque mamãe sabe da mulher."

"Não sei do que você está falando, Mariko-San. Me fala mais dos seus gatinhos. Vai fazer mais desenhos deles quando crescerem?"

"É porque a mulher pode voltar. Por isso é que mamãe pediu para você vir."

"Acho que não."

"Mamãe viu a mulher. Na outra noite."

Parei de costurar por um segundo e olhei para Mariko. Ela dera meia-volta e me encarava com um olhar estranhamente inexpressivo.

"Onde é que sua mãe viu essa... essa pessoa?"

"Lá fora. Viu lá fora. Por isso é que pediu para você vir."

Mariko afastou-se da janela e voltou para perto dos gatinhos. A gata mais velha tinha aparecido e os filhotes se enroscaram junto à mãe. Mariko deitou-se ao lado deles e começou a sussurrar. Seu sussurro tinha um toque vagamente perturbador.

"Sua mãe deve estar quase chegando", eu disse. "O que será que ela está fazendo?"

Mariko continuou a sussurrar.

"Ela me contou tudo sobre o Frank-San. Ele parece ser um homem bem simpático."

Os murmúrios cessaram, nos entreolhamos por um segundo.

"Ele é um homem mau", disse Mariko.

"Isso não é uma coisa bonita de dizer, Mariko-San. Sua mãe me contou tudo sobre ele, e parece ser uma boa pessoa. Tenho certeza de que ele é muito carinhoso com você, não é?"

Ela se pôs de pé e caminhou até a parede. A aranha ainda estava lá.

"Sim, tenho certeza de que ele é um homem bom. É carinhoso com você, não é, Mariko-San?"

Mariko esticou o braço. A aranha se moveu lentamente pela parede.

"Mariko, não mexa nisso."

"A nossa gata de Tóquio costumava pegar aranhas. Nós íamos trazer ela."

Eu podia ver a aranha mais claramente na nova posição. Tinha patas grossas e curtas, cada uma delas lançando sua própria sombra na parede amarela.

"Era uma gata boa", Mariko continuou. "Vinha com a gente para Nagasaki."

"E a trouxeram?"

"Ela desapareceu. Na véspera de a gente vir embora. Mamãe prometeu que podíamos trazer, mas ela desapareceu."

"Entendo."

Ela se moveu de repente e pegou uma das pernas da aranha. As pernas restantes se agitaram freneticamente na mão de Mariko quando ela afastou aquela perna solta da parede.

"Mariko, jogue isso fora. É sujo."

Mariko virou a mão e a aranha rastejou para sua palma. Ela a tapou com a outra mão, prendendo a aranha.

"Mariko, ponha isso no chão."

"Não é venenosa", ela disse, aproximando-se de mim.

"Não, mas é suja. Ponha de volta no canto."

"Mas não é venenosa." Ela se postou à minha frente, a aranha dentro da concha formada por suas mãos. No espaço entre os dedos eu podia ver uma pata se movendo lenta e ritmadamente.

"Ponha isso no canto, Mariko."

"O que ia acontecer se eu a comesse? Não é venenosa."

"Ia ficar bem doente. Agora, Mariko, ponha isso no canto."

Mariko trouxe a aranha mais para perto do rosto e abriu a boca.

"Não seja boba, Mariko. Isso é muito sujo."

Abriu mais a boca, e então suas mãos se separaram, fazendo com que a aranha caísse na frente do meu colo. Dei um salto para trás. A aranha escapou correndo pelo tatame, rumo às sombras atrás de mim. Levei alguns momentos para me recuperar e, a essa altura, Mariko já tinha saído do chalé.

# 6.

Não sei ao certo quanto tempo passei procurando por Mariko aquela noite. É bem possível que tenha demorado um bom tempo nisso, porque minha gravidez já estava avançada e tomei cuidado para não fazer movimentos bruscos. Além disso, depois de sair, achei estranhamente pacífico caminhar pela beira do rio. Numa parte da ribanceira, o capim havia crescido muito. Acho que eu estava usando sandálias naquela noite, pois me lembro com clareza de sentir o capim roçando nos pés. Enquanto caminhava, insetos zumbiam ao redor.

Passado algum tempo, fiquei consciente de um som diferente, um farfalhar, como se uma cobra corresse pelo capim às minhas costas. Parei para escutar, e então me dei conta do que causara aquele som: um velho pedaço de corda se enroscara no meu tornozelo e eu o vinha puxando pelo capim. Liberei cuidadosamente o pé. Quando examinei a corda ao luar, vi que estava bem molhada e coberta de lama.

"Oi, Mariko", eu disse, porque a menina se encontrava sentada no capim a uma pequena distância à minha frente, os joelhos encostados no queixo.

Um salgueiro — um dos muitos que cresciam à margem do rio — erguia-se acima de onde ela estava sentada. Avancei mais alguns passos em sua direção até poder ver seu rosto com maior nitidez.

"O que é isso?", ela perguntou.

"Nada. Uma coisa que se prendeu ao meu pé enquanto eu andava."

"Mas o que é?"

"Nada, só um pedaço de corda velha. Por que você está aqui?"

"Quer ficar com um gatinho?"

"Um gatinho?"

"Mamãe diz que não podemos ficar com os gatinhos. Quer um?"

"Acho que não."

"Mas temos de encontrar uma casa para eles logo. Senão mamãe vai ter que afogá-los."

"Isso seria uma pena."

"Você podia ficar com o Atsu."

"Vamos ver."

"Por que pegou isso?"

"Já disse, não é nada. Só se enroscou no meu pé." Dei mais um passo à frente. "Por que você está fazendo isso, Mariko?"

"Fazendo o quê?"

"Estava fazendo uma cara estranha agorinha há pouco."

"Não estava fazendo nenhuma cara estranha. Por que você trouxe uma corda?"

"Você estava fazendo uma cara estranha. Uma cara muito estranha."

"Por que você trouxe a corda?"

Observei-a por alguns segundos. Sinais de medo começavam a surgir no rosto dela.

"Então você não quer um gatinho?", ela perguntou.

89

"Não, acho que não. O que há com você?"

Mariko levantou-se. Avancei até chegar ao salgueiro. Reparei que o chalé não estava longe, o teto se destacava mais escuro que o céu. Ouvi os passos de Mariko correndo na escuridão.

Chegando à porta do chalé, pude ouvir a voz de Sachiko em tom raivoso. Ambas se viraram na minha direção quando entrei. Sachiko estava de pé, no centro da sala, a filha diante dela. Na luz projetada pela lanterna, seu rosto perfeitamente maquiado dava a impressão de ser uma máscara.

"Temo que Mariko tenha lhe causado problemas", ela me disse.

"Bem, ela correu lá para fora."

"Peça desculpas a Etsuko-San."

Ela apertou com violência o braço de Mariko.

"Quero ir lá para fora outra vez."

"Não vai sair daí. Agora peça desculpas."

"Quero ir lá para fora."

Com a mão livre, Sachiko deu um forte tapa na nádega da menina.

"Agora peça desculpas para a Etsuko-San."

Pequenas lágrimas começaram a brotar nos olhos de Mariko. Depois que me lançou um rápido olhar, dirigiu-se à mãe.

"Por que você sempre tem que sair?"

Sachiko voltou a erguer a mão numa advertência.

"Por que você sempre sai com o Frank-San?"

"Vai ou não dizer que sente muito pelo que fez?"

"O Frank-San faz xixi igual a um porco. Ele é um porco no meio da sujeira."

Sachiko olhou fixamente para a filha, a mão ainda erguida.

"Ele bebe o próprio xixi."

"Cale a boca."

"Ele bebe o próprio xixi e faz cocô na cama."

Sachiko continuou a olhar fixamente a filha, mas não moveu um músculo.

"Ele bebe o próprio xixi." Mariko soltou seu braço e atravessou a sala sem pressa. Na porta, virou-se e encarou a mãe. "Faz xixi como um porco", repetiu, saindo depois para a escuridão.

Sachiko não tirou os olhos da porta por alguns segundos, aparentemente ignorando minha presença.

"Alguém não devia ir atrás dela?", perguntei depois de algum tempo.

Sachiko olhou para mim e pareceu ter se descontraído um pouco.

"Não", ela disse, se sentando. "Deixe a Mariko sozinha."

"Mas já é muito tarde."

"Deixe. Ela pode voltar quando quiser."

A água da chaleira estava fervendo no fogão. Sachiko a tirou do fogo e começou a preparar o chá. Observei-a por alguns momentos e depois perguntei em voz baixa:

"Você achou seu amigo?"

"Sim, Etsuko, achei", ela disse, continuando a preparar o chá sem me olhar. "Foi muita bondade sua vir aqui esta noite. Peço desculpas pela Mariko."

Continuei a observá-la, depois disse: "Quais são os seus planos agora?".

"Meus planos?" Sachiko terminou de encher o bule e derramou o resto da água nas chamas. "Etsuko, já lhe falei várias vezes, não há nada mais importante para mim que o bem-estar de minha filha. Isso vem antes de tudo. Afinal, sou mãe. Não sou nenhuma jovem dançarina de bar que não liga para a decência. Sou mãe, e os interesses da minha filha vêm em primeiro lugar."

"Claro."

"Pretendo escrever ao meu tio. Vou dizer onde estou e contar tudo o que ele tem direito de saber sobre minha situação atual. Então, se ele quiser, vou conversar sobre a possibilidade de voltar para a casa dele." Sachiko pegou o bule com as duas mãos e começou a sacudi-lo de leve. "Na verdade, Etsuko, fico muito feliz que as coisas estejam se encaminhando nessa direção. Imagine como seria perturbador para a minha filha se ver numa terra cheia de estrangeiros, cheia de norte-americanos. E de repente ter como pai um norte-americano, imagine a confusão que seria para ela. Entende o que estou dizendo, Etsuko? Ela já sofreu muitos choques na vida, merece ficar num lugar estável. Foi mesmo melhor que as coisas caminhassem nessa direção."

Murmurei algum tipo de assentimento.

"Crianças, Etsuko, significam responsabilidade. Você vai descobrir isso muito em breve. E é isso que de fato o assusta, dá para qualquer um ver. Ele tem medo da Mariko. Bom, isso não é aceitável para mim, Etsuko. Minha filha vem em primeiro lugar. Foi bem melhor que as coisas caminhassem nessa direção."

Ela não parava de sacudir o bule.

"Deve ser muito angustiante para você", falei pouco depois.

"Angustiante?" Sachiko riu. "Etsuko, você acha que coisinhas desse tipo me angustiam? Na sua idade, talvez. Mas, agora, não mais. Já passei por muita coisa nos últimos anos. De qualquer modo, estava esperando que isso acontecesse. Ah, sim, não estou nem um pouco surpresa. Esperava por isso. Na última vez, em Tóquio, foi quase igual. Ele desapareceu e gastou todo o nosso dinheiro em bebida durante três dias. Uma boa parte era dinheiro meu. Você sabe, Etsuko, que cheguei a trabalhar como arrumadeira num hotel? Isso mesmo, arrumadeira. Mas não reclamei, e quase tínhamos o dinheiro necessário, algumas semanas mais e poderíamos pegar um navio para os Estados Unidos. Mas aí ele gastou tudo em bebida. Todas aquelas semanas que eu passei lavando o chão de joelhos, ele bebeu tudo em três dias. E agora lá estava de novo, num bar, com uma dançarina vagabunda. Como posso pôr o futuro da minha filha nas mãos de um homem desses? Sou mãe, e minha filha vem em primeiro lugar."

Voltamos a ficar em silêncio. Sachiko pôs o bule de chá à sua frente e ficou olhando para ele.

"Espero que seu tio se mostre compreensivo."

Ela deu de ombros.

"Quanto ao meu tio, Etsuko, vou discutir o assunto com ele. Estou disposta a fazer isso pelo bem da Mariko. Se ele não quiser ajudar, então vou ter que arranjar um caminho alternativo. De todo modo, não tenho nenhuma intenção de acompanhar um beberrão estrangeiro para os Estados Unidos. Fico feliz que ele tenha descoberto uma dançarina de bar para beber com ele, tenho certeza de que os dois se merecem. Mas, no que me toca, vou fazer o que é melhor para a Mariko, e essa é minha decisão."

Sachiko não tirou os olhos do bule por algum tempo. Depois, suspirou e se levantou. Foi até janela e contemplou a escuridão.

"Não devemos ir procurar por ela agora?", perguntei.

"Não", respondeu Sachiko, ainda olhando para fora. "Ela vai voltar logo. Deixe ficar lá o tempo que quiser."


Hoje me arrependo de minhas atitudes em relação a Keiko. Afinal de contas, neste país não é surpreendente que uma jovem daquela idade desejasse sair de casa. Aparentemente, tudo o que consegui foi fazer com que, quando por fim saiu — faz quase seis anos —, ela cortasse todos os laços comigo. Porém, nunca imaginei que poderia desaparecer tão rapidamente da minha vista: eu pensava apenas que minha filha, infeliz como era em casa, descobriria que o mundo lá fora não lhe seria acolhedor. Era para sua própria proteção que me opunha a ela com tamanha veemência.

Naquela manhã — quinto dia da visita de Niki —, acordei muito cedo. O que me ocorreu de início é que não era capaz de ouvir a chuva como nas noites e manhãs anteriores. Então lembrei o que me despertara.

Fiquei debaixo das cobertas contemplando os objetos visíveis na luz pálida. Após vários minutos, eu me senti um pouco mais calma e voltei a fechar os olhos. No entanto, não dormi. Pensei na senhoria — a senhoria de Keiko —, em como ela abrira a porta daquele quarto em Manchester.

Abri os olhos e mais uma vez contemplei os objetos no quarto. Por fim, me levantei e vesti o roupão. Fui até o banheiro, tomando cuidado para não acordar Niki, que dormia no quarto que antes estava vazio, ao lado do meu. Ao sair do banheiro, fiquei parada algum tempo. Mais além da escada, no fim do corredor, podia ver a porta do quarto de Keiko — fechada, como de costume. Continuei a olhá-la, e depois avancei alguns passos. Acabei me vendo diante da porta. Pensei ouvir um ligeiro ruído, um movimento lá dentro. Fiquei escutando, mas o som não se repetiu. Estiquei o braço e abri a porta.

O quarto de Keiko parecia cruamente despojado na luz cinzenta: a cama coberta com um único lençol, a penteadeira branca e, no chão, várias caixas de papelão com as coisas que ela não levara para Manchester. Dei mais alguns passos. As cortinas tinham sido deixadas abertas, o pomar era visível lá embaixo. O céu estava pálido e branco, não chovia. Sob a janela, no gramado, dois pássaros bicavam algumas maçãs caídas na terra. Comecei a sentir frio e voltei ao meu quarto.


"Uma amiga minha está escrevendo um poema sobre você", disse Niki. Estávamos tomando o café da manhã na cozinha.

"Sobre mim? A troco de que ela está fazendo isso?"

"Falei de você, e ela decidiu que ia escrever um poema. É uma poeta brilhante."

"Um poema sobre mim? Que coisa absurda! Vai escrever sobre o quê? Nem me conhece."

"Já disse, mamãe. Falei sobre você. É impressionante como ela entende as pessoas. Você sabe, ela já passou por muitas dificuldades."

"Entendo. Qual a idade dessa sua amiga?"

"Mamãe, você vive obcecada com a idade das pessoas. Não interessa qual é a idade delas, o que conta são as experiências que tiveram. As pessoas podem chegar aos cem anos sem ter tido nenhuma experiência."

"Imagino que sim."

Soltei uma risada e dei uma olhada pela janela. Lá fora começava a garoar.

"Contei a ela sobre você", disse Niki. "Sobre você e o papai, como você saiu do Japão. Ela ficou realmente impressionada. Compreende como deve ter sido, como não é tão fácil quanto parece."

Continuei a olhar pela janela, e depois disse rapidamente: "Tenho certeza de que sua amiga vai escrever um poema maravilhoso".

Peguei uma maçã da cesta e Niki ficou observando enquanto eu a descascava com uma faca.

"Tantas mulheres", ela disse, "ficam na maior infelicidade, amarradas a um monte de crianças e maridos horrorosos! Mas não conseguem ter a coragem necessária para reagir. Continuam daquele jeito pelo resto da vida."

"Entendo. Quer dizer que elas deviam abandonar seus filhos, não é, Niki?"

"Você sabe o que eu quero dizer. É patético quando as pessoas simplesmente jogam sua vida fora."

Não falei nada, embora minha filha tivesse feito uma pausa, como se esperasse por algo.

"Não deve ter sido fácil, mamãe, o que você fez. Deve ter orgulho do que fez com sua vida."

Continuei a descascar a maçã. Ao terminar, sequei os dedos com um guardanapo.

"Todas as minhas amigas também acham isso", disse Niki. "Pelo menos, aquelas a quem contei."

"Fico muito lisonjeada. Agradeça por favor a suas maravilhosas amigas."

"Era o que eu estava querendo dizer, nada mais."

"Bom, você agora deixou claro seu ponto de vista."

Talvez eu tenha sido desnecessariamente seca com ela naquela manhã, mas, ao mesmo tempo, era muita presunção da parte de Niki imaginar que eu precisasse ser tranquilizada com respeito a essas questões. Além do mais, ela pouco sabia sobre o que ocorrera naqueles últimos dias em Nagasaki. Minha suspeita é de que houvesse formado alguma espécie de imagem a partir do que seu pai lhe contara. Tal imagem, inevitavelmente, teria falhas. Porque, na verdade, apesar de todos os artigos impressionantes que escrevera sobre o Japão, meu marido nunca compreendeu os meandros de nossa cultura, muito menos um homem como Jiro. Não vou dizer que me lembro dele com afeição, mas ele nunca foi o indivíduo ignorantão que meu marido pensava que era. Jiro trabalhava duro para cumprir seus deveres familiares, e esperava que eu fizesse o mesmo; segundo sua maneira de ver as coisas, era um marido responsável. E, de fato, durante os sete anos em que conviveu com a filha, foi um bom pai para ela. Seja lá o que me convenceu naqueles últimos dias, nunca pensei que Keiko não fosse sentir falta dele.

Mas essas coisas agora fazem parte de um passado remoto, e não desejo nem um pouco voltar a refletir sobre elas. Meus motivos para deixar o Japão eram justificáveis, e sei que sempre dei muita importância aos interesses de Keiko. Não se ganha nada remoendo essas questões.


Eu já vinha podando as plantas no peitoril da janela por algum tempo quando me dei conta de que Niki ficara muito calada. Virando-me para o meio da sala, vi que ela estava de pé, diante da lareira, contemplando o jardim mais além de onde eu me encontrava. Olhei mais uma vez para fora da janela, tentando seguir o olhar dela. Embora o vidro estivesse embaçado, o jardim ainda era claramente visível. Niki, pelo jeito, estava observando um lugar perto da cerca viva onde a chuva e o vento haviam desarrumado as varas que apoiavam os tomateiros plantados havia pouco.

"Acho que este ano os tomateiros não vão dar nada", eu disse. "Não cuidei direito deles."

Eu ainda estava observando as varas quando ouvi o som de uma gaveta sendo aberta; ao me virar outra vez para o meio da sala, vi que Niki continuava sua busca. Ela decidira ler, após o café da manhã, todos os artigos de seu pai publicados nos jornais e passara boa parte da manhã remexendo em gavetas e nas estantes da casa.

Continuei a cuidar das plantas por alguns minutos; havia muitas entulhando o peitoril da janela. Atrás de mim, ouvia Niki vasculhando as gavetas. Depois ela ficou de novo em silêncio e, quando me virei em sua direção, reparei que mais uma vez contemplava o jardim sem prestar atenção em mim.

"Acho que vou cuidar agora dos peixes-dourados", ela disse.

"Dos peixinhos-dourados?"

Sem responder, Niki saiu da sala e, momentos depois, eu a vi atravessar o gramado com passos fortes. Desembacei uma parte do vidro e fiquei observando-a. Caminhou até o fundo do jardim, onde ficava o laguinho em meio aos pedregulhos. Jogou a ração, e ficou lá por certo tempo, contemplando a água. Podia vê-la de perfil: era muito magra e, apesar das roupas elegantes, ainda havia algo inegavelmente infantil em sua aparência. O vento despenteou seus cabelos e me perguntei por que teria ido lá fora sem levar um agasalho.

Ao voltar, ela parou junto aos tomateiros e, apesar da garoa pesada, examinou-os durante alguns minutos. Depois, aproximou-se e, com muito cuidado, começou a endireitar as varas. Pôs de pé diversas delas que tinham sido derrubadas e mais tarde, acocorando-se de modo que seus joelhos quase tocassem na grama molhada, ajustou a rede com que eu havia coberto o solo para proteger as plantas dos pássaros.

"Obrigada, Niki", eu lhe disse quando ela entrou. "Foi muito gentil de sua parte."

Ela resmungou qualquer coisa e sentou-se no canapé. Notei que ficara muito encabulada com meu agradecimento.

"Eu fui mesmo muito negligente com os tomateiros este ano", continuei. "Mas não faz mal. Hoje em dia nunca sei o que fazer com tantos tomates. No ano passado, dei quase todos para os Morrison."

"Ah, meu Deus, os Morrison", disse Niki. "Como estão os tão queridos Morrison?"

"Niki, os Morrison são muito simpáticos. Nunca entendi por que você fala mal deles. Houve um tempo em que você e Cathy eram amigas íntimas."

"Ah, sim, Cathy. E como ela anda? Suponho que ainda more com os pais."

"É, mora. Agora trabalha num banco."

"Bem típico."

"Pois me parece uma coisa bem inteligente de fazer na idade dela. E Marilyn se casou, sabia?"

"É mesmo? Com quem?"

"Não lembro o que o marido dela faz. Só o vi uma vez. Me deu a impressão de ser muito agradável."

"Imagino que seja pároco ou algo assim."

"Ora, Niki, não entendo mesmo por que você tem que adotar esse tom de voz. Os Morrison sempre nos trataram muito bem."

Niki soltou um suspiro de impaciência.

"É o jeito deles", ela disse. "Me dá nojo. Assim como o modo de educarem as filhas."

"Mas faz muitos anos que você mal vê os Morrison!"

"Vi o suficiente quando andava com a Cathy. Gente assim é tão infeliz! Acho que devia ter pena da Cathy."

"E você critica a Cathy porque não foi morar em Londres, como você? Devo dizer, Niki, que isso não parece coerente com a mente aberta da qual você e suas amigas parecem se orgulhar tanto."

"Ah, deixa pra lá. Você não entende mesmo o que estou falando." Olhou de relance para mim e soltou outro suspiro. "Deixa pra lá", repetiu, desviando o olhar.

Continuei a encará-la por um instante. Depois, voltei a trabalhar no peitoril da janela, permanecendo em silêncio durante vários minutos.

"Sabe, Niki, fico muito feliz que tenha boas amigas com quem gosta de se relacionar. Afinal, agora é dona da sua vida. Era o que tinha de ser mesmo."

Minha filha não respondeu. Quando olhei para ela, lia um dos jornais que encontrara na gaveta.

"Gostaria de conhecer suas amigas", eu disse. "Serão sempre bem-vindas, se quiser trazê-las aqui em casa."

Niki sacudiu a cabeça para impedir que os cabelos lhe cobrissem os olhos, e continuou a ler. Parecia bem concentrada.

Voltei para minhas plantas, pois era capaz de entender perfeitamente aqueles sinais. Há uma maneira sutil, embora bastante enfática, que Niki adota sempre que mostro curiosidade por sua vida em Londres: é a maneira de me dizer que lamentarei, caso persista. Como consequência, minha imagem da vida atual de Niki se baseia sobretudo em especulações. Nas cartas, contudo — e ela é muito correta em matéria de correspondência —, escreve sobre certas coisas que jamais seriam mencionadas numa conversa. Por exemplo, foi assim que soube que seu namorado se chama David e estuda política numa universidade londrina. No entanto, quando nos falamos, sei que um muro seria levantado com firmeza caso eu perguntasse até sobre a saúde dele.

Essa preocupação bem agressiva com respeito à privacidade me faz lembrar bastante de sua irmã. Na verdade, minhas duas filhas tinham muito em comum, muito mais do que meu marido era capaz de admitir. A seu ver, elas estavam em polos opostos; além do mais, ele achava que Keiko era uma pessoa difícil por natureza e que havia pouco que pudéssemos fazer por ela. Na verdade, embora nunca afirmasse isso claramente, ele sugeria que ela herdara a personalidade do pai. Eu não me esforçava para contradizê-lo, porque era a explicação fácil: culpa de Jiro, e não nossa. Claro que meu marido jamais conhecera Keiko na infância; caso houvesse conhecido, talvez reconhecesse quão semelhante as duas eram quando crianças. Ambas tinham temperamentos muito fortes, ambas eram possessivas; quando ficavam aborrecidas, não esqueciam logo a raiva como acontece com as outras crianças. Ficavam emburradas o resto do dia. Entretanto, Niki tornou-se uma moça feliz e confiante — e tenho grande fé em seu futuro —, enquanto a outra, depois de ficar cada vez mais infeliz, suicidou-se. Não acho tão simples, como meu marido, pôr a culpa na natureza, ou em Jiro. Todavia, todas essas coisas agora ficaram para trás e não há nada a ganhar em remoê-las agora.

"Aliás, mamãe", disse Niki, "hoje de manhã foi você, não?"

"Hoje de manhã?"

"Ouvi uns sons esta manhã. Bem cedo, lá pelas quatro."

"Desculpe se perturbei você. Sim, fui eu." Comecei a rir. "Por quê? Quem você imaginou que podia ser?" Continuei a rir, e não consegui parar de imediato. Niki me olhou fixamente, o jornal ainda aberto à sua frente. "Bem, desculpe se a acordei, Niki", eu disse, controlando por fim meu acesso de riso.

"Tudo bem, eu estava mesmo acordada. Nos últimos tempos não consigo dormir direito."

"Mesmo depois de toda essa confusão que você fez com os quartos? Talvez deva consultar um médico."

"Talvez consulte."

Niki voltou a ler o jornal.

Pus de lado a tesoura de jardim que vinha usando e me virei para ela.

"Que estranho. Tive outra vez aquele sonho esta manhã."

"Que sonho?"

"O que contei ontem. Mas talvez você não estivesse escutando. Sonhei de novo com aquela menininha."

"Que menininha?"

"A que vimos outro dia brincando no balanço. Quando tomamos café na cidade."

Niki fez um sinal de indiferença com os ombros.

"Ah, aquela", ela disse, sem levantar a vista.

"Bom, na verdade não é aquela menininha. Foi o que entendi hoje de manhã. Parecia ser aquela, mas não era."

Niki voltou a me encarar, e depois disse: "Suponho que esteja se referindo a ela. Keiko".

"Keiko?" Soltei uma risadinha. "Que ideia estranha! Por que seria a Keiko? Não, não tinha nada a ver com a Keiko."

Niki continuou a me olhar com uma expressão interrogativa.

"Era só uma menina que conheci faz tempo", eu disse. "Faz muito tempo."

"Que menina?"

"Ninguém que você conheça. Conheci faz muito tempo."

Niki deu de ombros mais uma vez.

"Não consigo nem pegar no sono. Acho que só dormi umas quatro horas na noite passada."

"Isso é muito desagradável, Niki. Especialmente na sua idade. Talvez você deva ir a um médico. Sempre pode consultar o dr. Ferguson."

Niki lançou outro de seus gestos de impaciência e voltou a ler o artigo do pai no jornal. Observei-a por um momento.

"Na verdade, também me dei conta de outra coisa, hoje de manhã", eu disse. "Outra coisa sobre o sonho."

Minha filha não pareceu ter ouvido.

"Veja só", eu disse, "a menina não está num balanço. Achei que fosse isso, no começo. Mas ela não está num balanço."

Niki murmurou alguma coisa e continuou lendo.

PARTE DOIS

# 7.

À medida que o verão esquentava, o terreno baldio junto ao nosso bloco de apartamentos tornava-se cada vez mais desagradável. A maior parte da terra ressecara e rachara, enquanto a água que caíra durante a estação das chuvas continuava acumulada nas valas e crateras mais profundas. Ali nasciam insetos de toda espécie, e os mosquitos, em especial, pareciam estar por toda parte. Nos apartamentos se ouviam as queixas de sempre, mas, ao longo dos anos, a indignação causada pelo terreno baldio adquirira um caráter resignado e cínico.

Naquele verão atravessei o terreno várias vezes para chegar ao chalé de Sachiko e, na realidade, era uma caminhada terrível: muitos insetos grudavam nos meus cabelos, e eu podia ver larvas e vermes na superfície da terra rachada. Ainda me recordo com vividez dessas travessias, que — juntamente com as inquietações sobre vir a ser mãe e a visita de Ogata-San — hoje dão um colorido especial àquele verão. E, no entanto, em diversos aspectos não foi diferente de outros verões. Passei muito tempo — como faria nos anos seguintes — contemplando a paisagem que se descortinava da janela de meu apartamento, mas sem prestar tanta atenção nela. Os dias mais claros me ofereciam, mais além das árvores na margem oposta do rio, uma pálida silhueta das colinas contra um pano de fundo de nuvens. Não era uma visão desagradável e, por vezes, me trazia um raro sentimento de alívio no vazio daquelas longas tardes que eu passava no apartamento.

Além do terreno baldio, outras questões preocupavam a vizinhança naquele verão. Os jornais falavam muito que a ocupação terminaria e, em Tóquio, os políticos se engalfinhavam. Nos apartamentos, o assunto era debatido com bastante frequência, mas com um cinismo semelhante ao que caracterizava as conversas sobre o terreno baldio. Recebidas com maior urgência foram as notícias dos assassinatos de crianças, que alarmaram Nagasaki. Primeiro um menino e depois uma menina foram encontrados mortos de pancada. Quando uma terceira vítima, uma garotinha, foi achada pendurada em uma árvore, espalhou-se uma sensação quase de pânico entre as mães das redondezas. Como é compreensível, o desconforto surgiu pelo fato de os incidentes terem ocorrido no outro lado da cidade: as crianças se tornaram algo raro de ver no conjunto de prédios, em especial ao entardecer.

Não tenho certeza em que medida tais notícias preocuparam Sachiko. Ela sem dúvida parecia menos inclinada a deixar Mariko sozinha, mas suspeito que isso tivesse mais a ver com outras ocorrências em sua vida: recebera uma resposta do tio dizendo-se disposto a recebê-la de volta, e logo depois reparei que sua atitude com relação à menina se alterara, pois se mostrava mais paciente e descontraída.

Sachiko revelara grande alívio com a carta do tio e, de início, eu não tinha razões para duvidar de que ela retornaria à casa dele. No entanto, com o passar dos dias, cresceram minhas suspeitas acerca das intenções dela. Por exemplo, descobri alguns dias depois de recebida a carta que Sachiko ainda não mencionara o assunto a Mariko. Transcorridas algumas semanas, Sachiko não apenas deixou de se preparar para a mudança: como fiquei sabendo, nem sequer respondeu ao tio.

Se Sachiko não se mostrasse particularmente relutante em falar sobre a casa do tio, duvido que me teria ocorrido refletir sobre o assunto. Mas fui ficando curiosa e, apesar da reticência de Sachiko, consegui colher determinadas impressões. Para começo de conversa, o tio pelo visto não era parente seu, e sim do marido; Sachiko nunca o vira antes de chegar à casa dele alguns meses antes. O tio era rico e, como a casa era excepcionalmente grande — sendo ocupada apenas pela filha e uma empregada —, havia bastante espaço para Sachiko e a menina. Na verdade, uma coisa que Sachiko mencionara mais de uma vez era a lembrança de que uma grande parte da residência permanecia vazia e silenciosa.

Fiquei especialmente curiosa a respeito da filha do tio, que entendi ser uma mulher solteira mais ou menos da idade de Sachiko. Ela falava pouco sobre a prima, mas me lembrei de uma conversa que tivemos então. Àquela altura, eu já compreendera que a lentidão de Sachiko em voltar para o tio estava ligada a alguma tensão que existia entre ela e a prima. Devo ter sugerido isso de alguma forma a Sachiko naquela manhã, porque foi uma das poucas ocasiões em que ela falou explicitamente sobre os tempos passados na casa do tio. A conversa vem de forma bem nítida à minha memória: era uma dessas manhãs secas e sem vento de meados de agosto, e estávamos sobre a ponte no alto de nossa colina, esperando pelo bonde que nos levaria ao centro da cidade. Não me recordo aonde iríamos naquele dia ou onde havíamos deixado Mariko — pois lembro que a menina não estava conosco. Sachiko contemplava a vista da ponte, com a mão protegendo o rosto do sol.

"Não sei como você teve tal ideia, Etsuko", ela disse, "como foi capaz de imaginar isso. Pelo contrário, Yasuko e eu ficamos muito amigas, e estou ansiosa para revê-la. Realmente não entendo como você pode ter pensado que fosse diferente, Etsuko."

"Desculpe, devo ter me enganado", eu disse. "Sei lá por quê, achei que você tinha algum motivo para não querer voltar."

"Não mesmo, Etsuko. Quando você me conheceu, sim. Aí eu estava considerando outras possibilidades, mas uma mãe não pode ser criticada por considerar as diferentes opções que se apresentam para sua filha, pode? E, de fato, durante algum tempo parecia haver uma opção interessante para nós. Mas, pensando melhor, eu agora a rejeitei. É isso, Etsuko, não tenho mais interesse naqueles outros planos. Estou contente porque as coisas se resolveram bem, e espero voltar para a casa do meu tio. Quanto a Yasuko-San, temos uma grande admiração mútua. Não entendo o que fez você pensar que fosse de outra forma, Etsuko."

"Me desculpe, por favor. Pensei que você tivesse mencionado uma briga qualquer."

"Briga?" Ela me olhou por um segundo, e depois se abriu num largo sorriso. "Ah, agora compreendo a que você está se referindo. Não, Etsuko, não houve nenhuma briga. Foi só um desentendimento tolo que tivemos. Sobre o que foi mesmo? Veja só, nem me lembro mais, foi tão trivial! Ah, sim, agora lembro, estávamos discutindo sobre qual das duas devia preparar o jantar. É, realmente, foi só isso. Sabe, Etsuko, costumávamos nos revezar. A empregada cozinhava uma noite, minha prima outra, depois era minha vez. Como a empregada ficou doente numa de suas noites, eu e Yasuko queríamos cozinhar, mas é preciso que você não entenda errado, Etsuko, no geral nos dávamos muito bem. Acontece que, quando a gente vê muito uma pessoa, às vezes qualquer coisa insignificante ganha uma proporção maior."

"Sei, entendo bem. Desculpe. Estava completamente enganada."

"Sabe, Etsuko, quando se tem uma empregada que executa todas as pequenas tarefas para você, é surpreendente como o tempo passa devagar. Yasuko e eu tentávamos nos ocupar de um jeito ou de outro, mas não havia muito mais a fazer além de sentar e conversar o dia inteiro. Passamos todos aqueles meses juntas dentro de casa, raramente víamos alguém de fora. É incrível que nunca tenhamos brigado mesmo. Quer dizer, de verdade."

"Sim, tem razão. Com certeza foi um mal-entendido."

"É, Etsuko, temo que sim. Só me lembro do incidente porque ocorreu pouco antes de irmos embora, e desde então nunca mais vi minha prima. Mas é absurdo chamar aquilo de briga." Soltou uma risada. "Na verdade, espero que a Yasuko também ria ao se lembrar do que houve."

Talvez na mesma manhã tenhamos decidido que, antes da partida de Sachiko, faríamos um passeio. E, de fato, alguns dias mais tarde, numa tarde quente, fui com Sachiko e sua filha a Inasa. Inasa é uma área montanhosa de Nagasaki com vista para o porto, sendo famosa pela paisagem; não fica longe de onde morávamos — na verdade, eram as colinas de Inasa que eu podia ver da janela do meu apartamento —, mas, como naqueles tempos eu raramente saía de casa, a ida a Inasa foi como uma grande excursão. Lembro-me de como fiquei ansiosa durante dias por causa do passeio: acho que é uma das melhores recordações que tenho daquela época.


Atravessamos para Inasa de ferry, no meio da tarde. Os ruídos do porto nos seguiram — o clangor das marretas, o guinchar das máquinas, ocasionalmente o mugido grave das sirenes de um navio —, mas naquele tempo, em Nagasaki, tais sons não eram desagradáveis: como sinais da recuperação, ainda eram capazes de provocar sentimentos positivos.

Depois da travessia, os ventos do mar sopraram mais fortes, o dia não estava tão abafado. Os sons do porto, trazidos pela brisa, ainda nos alcançavam ao nos sentarmos num banco na estação do teleférico. Ficamos ainda mais gratas pela brisa porque o pátio da estação oferecia pouco abrigo aos raios do sol, era simplesmente uma área com piso de concreto, como um pátio de escola — impressão reforçada pelo fato de que, naquele dia, os visitantes eram quase todos crianças acompanhadas de suas mães. Num dos lados, atrás de uma fileira de catracas, podíamos ver a plataforma de madeira onde os bondinhos paravam. Ficamos hipnotizadas durante algum tempo pela visão das cabines que subiam e desciam: enquanto uma se elevava acima das árvores e gradualmente se transformava num pequeno ponto contra o azul do céu, a outra crescia ao se aproximar, até pousar com um solavanco na plataforma. Dentro de uma casinha contígua às catracas, um homem operava algumas alavancas; ele usava um quepe e, depois que cada bondinho descia em segurança, se debruçava para fora da janela e conversava com o grupo de crianças que se reunira para assistir à chegada do bonde.

O primeiro dos nossos encontros naquele dia com a mulher norte-americana decorreu de nossa decisão de tomar o teleférico até o alto da montanha. Como Sachiko e sua filha tinham ido comprar as passagens, fiquei por alguns minutos sozinha no banco. Reparei então que, na extremidade do pátio, uma barraquinha vendia doces e brinquedos. Pensando que talvez pudesse comprar balas para Mariko, me levantei e fui até lá. Duas crianças estavam na minha frente, discutindo sobre o que deviam comprar. Enquanto aguardava por elas, notei entre os brinquedos um binóculo de plástico. Como as crianças ainda discutiam, olhei de relance para o outro lado do pátio. Sachiko e Mariko continuavam de pé perto das catracas; Sachiko parecia conversar com duas mulheres.

"Posso ajudar, minha senhora?"

As crianças tinham ido embora. Atrás do balcão havia um rapaz com um elegante uniforme de verão.

"Posso experimentar aquilo ali?", eu disse, apontando para o binóculo.

"Sem dúvida, minha senhora. É só um brinquedo, mas funciona direitinho."

Ergui o binóculo e olhei na direção do topo do morro: fiquei surpresa com sua potência. Voltei-me para o pátio e focalizei Sachiko e sua filha. Sachiko estava com um quimono de cor clara com uma faixa elegante — indumentária reservada para ocasiões especiais, suspeitei —, e destacava-se na multidão por sua aparência. Falava ainda com as duas mulheres, uma das quais parecia ser estrangeira.

"Mais um dia quente, minha senhora", disse o rapaz quando lhe entreguei o dinheiro. "Vai tomar o teleférico?"

"Daqui a pouco."

"É uma vista magnífica. Estão construindo uma torre de televisão no topo. No ano que vem o bondinho vai até lá em cima."

"Que ótimo! Tenha um bom dia."

"Obrigado, minha senhora."

Atravessei de volta o pátio com o binóculo. Embora naquela época não entendesse uma palavra de inglês, logo imaginei que a estrangeira fosse norte-americana. Tratava-se de uma mulher alta, de cabelos ruivos ondulados e óculos de aros pontudos. Dirigia-se a Sachiko em voz alta, e me surpreendi com a facilidade com que minha amiga respondia em inglês. A outra mulher era japonesa, bem gorda, com uns quarenta anos. Ao lado dela havia um menino, também gordo, de oito ou nove anos. Fiz uma reverência para elas ao chegar, desejei bom-dia e então entreguei o binóculo para Mariko.

"É só um brinquedo", eu disse. "Mas talvez você possa ver algumas coisas."

Mariko abriu o embrulho e examinou o binóculo com uma expressão séria. Olhou através dele primeiro em redor do pátio, depois para o morro.

"Agradeça, Mariko", disse Sachiko.

Mariko continuou a olhar através do binóculo. Depois, afastou-o do rosto e passou a alça de plástico por cima da cabeça.

"Obrigada, Etsuko-San", ela disse com certa relutância. A norte-americana apontou para o binóculo, falou algo em inglês e riu. O binóculo também atraíra a atenção do menino gordo, que antes contemplava o morro e o bondinho descendo. Ele deu alguns passos na direção de Mariko, os olhos fixos no binóculo.

"Foi muita bondade sua, Etsuko", disse Sachiko.

"Não foi nada. Não passa de um brinquedo."

O bondinho chegou e passamos pelas catracas a caminho da plataforma de madeira. Aparentemente, as duas mulheres e o garoto gordo eram os únicos outros passageiros. O homem com o quepe saiu de sua casinha e nos fez entrar, um a um, na cabine. O interior era de metal, sem decoração alguma. Havia grandes janelas de ambos os lados e bancos ao longo das duas paredes mais longas.

O bondinho permaneceu na plataforma por vários minutos, e o garoto gordo começou a caminhar de um lado para o outro, impaciente. Ao meu lado, Mariko olhava pela janela, ajoelhada no banco. Do nosso lado da cabine, podíamos ver o pátio e o grupo de crianças junto às catracas. Mariko parecia estar testando a eficácia do binóculo, levando-o até os olhos por alguns momentos e depois afastando-o. Por fim o garoto veio ajoelhar-se ao lado dela. Durante algum tempo, as crianças se ignoraram, até que ele disse:

"Agora eu quero ver."

Estendeu a mão para pegar o binóculo. Mariko o olhou com frieza.

112

"Akira, não peça assim", disse sua mãe. "Peça à mocinha com delicadeza."

O menino recolheu a mão e encarou Mariko. A menina o encarou de volta. O garoto se afastou e foi para outra janela.

As crianças acenaram quando o bondinho começou a subir. Agarrei instintivamente a barra de metal que corria ao longo da janela, enquanto a norte-americana soltava um ruído nervoso e ria. O pátio foi ficando menor e a encosta se moveu abaixo de nós. O bondinho balançava de leve na subida; por alguns instantes, parecia que as copas das árvores roçavam nossas janelas, mas de repente se abriu sob nós um imenso vazio e ficamos penduradas no ar. Sachiko riu baixinho e apontou para alguma coisa do lado de fora. Mariko continuou a olhar através do binóculo.

O bondinho completou a subida e saímos com cautela em fila indiana, como que ainda incertas de que pisaríamos em terra firme. Como a estação de cima não tinha um pátio de concreto, descemos da plataforma de tábuas para uma pequena clareira gramada. Além do homem uniformizado que nos orientou na saída, não havia ninguém à vista. Nos fundos da clareira, quase em meio aos pinheiros, viam-se várias mesas de madeira para piquenique. Uma cerca de metal perto da beirada da clareira nos separava do abismo. Quando nos sentimos um pouco recuperadas, caminhamos até a cerca e contemplamos o despenhadeiro. Após alguns instantes, as duas mulheres e o garoto se juntaram a nós.

"É de tirar o fôlego, não?", a japonesa me disse. "Estou mostrando à minha amiga todos os locais interessantes. É a primeira vez que ela vem ao Japão."

"Entendo. Espero que esteja gostando daqui."

"Também espero. Infelizmente, não falo inglês muito bem. Sua amiga parece falar muito melhor que eu."

"Isso mesmo, ela fala muito bem inglês."

Ambas olhamos na direção de Sachiko. Ela e a norte-americana trocavam comentários em inglês.

"Que coisa boa ser tão bem-educada", a mulher me disse. "Espero que tenha um ótimo dia."

Fizemos reverências mútuas e depois a mulher gesticulou para a visitante norte-americana, sugerindo que fossem embora.

"Por favor, posso olhar?", o garoto gordo disse num tom irritado. Mais uma vez estendia a mão. Mariko olhou fixamente para ele, como fizera no bondinho.

"Quero ver", disse o menino com mais agressividade.

"Akira, lembre-se de pedir à mocinha com delicadeza."

"Por favor! Eu quero ver com o binóculo."

Mariko olhou para ele por mais alguns segundos e então, levantando a alça de plástico que estava em volta de seu pescoço, entregou o binóculo ao menino. O garoto levou-o à altura dos olhos e contemplou a paisagem mais além da cerca.

"Não vale nada", ele disse por fim, voltando-se na direção da mãe. "Nem se compara com o meu. Mamãe, olha, não dá nem para ver direito aquelas árvores do outro lado. Dá uma olhada."

Estendeu o binóculo para a mãe. Mariko fez menção de pegá-lo, mas o garoto, mantendo-o fora do alcance dela, ofereceu o binóculo de novo à mãe.

"Dá uma olhada, mamãe. Não consigo nem ver aquelas árvores, as que estão mais perto."

"Akira, devolva isso agora mesmo para a mocinha."

"Nem dá para comparar com o meu."

"Olha, Akira, não se deve falar assim. Você sabe que nem todo mundo tem sua sorte."

Mariko estendeu a mão para pegar o binóculo e, dessa vez, o garoto o entregou.

"Agradeça à mocinha", disse sua mãe.

Sem dizer nada, o menino começou a afastar-se. A mãe soltou um risinho.

"Muito obrigada", ela disse a Mariko. "Você foi muito gentil."

Depois sorriu para Sachiko e para mim. "Paisagem magnífica, não? Espero que tenham um ótimo dia."

O caminho, coberto de agulhas de pinheiro, subia em zigue--zague pela encosta da montanha. Seguimos sem pressa, parando diversas vezes para descansar. Mariko estava bem quieta e — para minha surpresa — não exibia nenhum indício de que desejasse se comportar mal. No entanto, demonstrou uma curiosa relutância em caminhar ao lado da mãe e de mim. Ficava para trás por algum tempo, obrigando-nos a lançar olhares ansiosos por cima do ombro; logo depois, passava correndo por nós e andava na frente.

Encontramos a norte-americana pela segunda vez cerca de uma hora depois de desembarcarmos do bondinho. Ela e sua companheira vinham descendo pelo mesmo caminho e, ao nos reconhecer, fizeram uma saudação alegre. O garoto gordo, vindo atrás, fingiu que não nos via. Ao passar, a estrangeira disse algo para Sachiko em inglês e, ao ouvir a resposta, soltou uma gargalhada. Tivemos a impressão de que queria parar para conversar, mas, como a japonesa e seu filho não diminuíram o passo, a norte--americana fez um aceno de mão e continuou a descer.

Quando cumprimentei Sachiko pelo domínio da língua inglesa, ela riu e não disse nada. O encontro, reparei, tivera um efeito curioso sobre ela. Caminhava ao meu lado calada, como que imersa em pensamentos. Então, depois que Mariko mais uma vez tomou a dianteira, ela me disse:

"Meu pai foi um homem muitíssimo respeitado, Etsuko. Muitíssimo respeitado mesmo. Mas suas ligações com estrangeiros quase fizeram minha proposta de casamento ser retirada." Deu um leve sorriso e balançou a cabeça. "Que estranho, Etsuko! Parece que estávamos em outra era."

"É, as coisas mudaram muito", eu disse.

Depois de uma curva fechada, o caminho voltou a ser íngreme. As árvores foram ficando para trás e, de repente, o céu surgiu enorme ao nosso redor. Mais acima, Mariko gritou alguma coisa e apontou. Depois correu, excitada.

"Nunca vi muito meu pai", disse Sachiko. "Ele passava a maior parte do tempo fora, na Europa e nos Estados Unidos. Quando eu era moça, costumava sonhar em ir para os Estados Unidos algum dia: ia chegar lá e ser estrela de cinema. Minha mãe ria disso, mas meu pai me dizia que, se eu aprendesse a falar inglês bem, não teria dificuldade em me transformar numa mulher de negócios. Eu gostava de estudar inglês."

Mariko havia parado no que parecia ser um platô. Voltou a gritar alguma coisa para nós.

"Lembro que certa vez meu pai trouxe para mim um livro dos Estados Unidos", Sachiko continuou. "Era o romance *Um conto de Natal*, de Dickens. Isso gerou em mim uma ambição, Etsuko. Queria aprender inglês o suficiente para ler aquele livro. Infelizmente, nunca tive essa oportunidade. Quando me casei, meu marido me proibiu de continuar estudando inglês. Na verdade, me fez jogar aquele livro no lixo."

"Que pena!", falei.

"Meu marido era assim, Etsuko. Muito rígido e muito patriótico. Sempre me tratou com toda a consideração. Mas vinha de uma família renomada e meus pais o consideraram um bom partido. Não protestei quando me proibiu de estudar inglês. Afinal, não parecia existir mais nenhuma razão para eu continuar com aquilo."

Alcançamos o ponto onde Mariko estava de pé: uma área quadrada, cercada de várias pedras de grande porte, que se projetava para fora do caminho. Caído numa das pontas, um tronco grosso fora transformado em banco, com a parte de cima aplainada e lixada. Sachiko e eu nos sentamos para recuperar o fôlego.

"Não chegue perto demais da beirada, Mariko", disse Sachiko em voz alta. A menina caminhara até as pedras e contemplava a paisagem com o binóculo.

Eu me senti bem insegura, encarapitada à beira de um precipício, com todo aquele espaço diante de nós. Muito abaixo, podíamos ver o porto como uma compacta peça de maquinaria deixada na água. Do outro lado do porto, erguia-se uma série de colinas que iam até Nagasaki. O sopé das colinas era ocupado por casas e edifícios. À direita, bem distante, o porto se abria para o mar.

Lá ficamos sentadas por algum tempo, recobrando o fôlego e nos deliciando com a brisa. Então eu disse:

"Não dá para imaginar o que aconteceu aqui, não é mesmo? É tanta vida por todo lado! Mas essa área lá embaixo", apontei para o porto, "ficou muito destruída quando a bomba caiu. Olhe só como está agora!"

Sachiko concordou com a cabeça e depois se virou para mim, sorrindo.

"Como você está alegre hoje, Etsuko", ela disse.

"É muito bom vir até aqui. Hoje decidi que vou ser otimista, que vou ter um futuro feliz. A sra. Fujiwara sempre me diz como é importante olhar para a frente com esperança. E ela tem razão. Se as pessoas não tivessem feito isso, então tudo aquilo", e apontei de novo, "ainda seria um monte de entulho."

Sachiko sorriu outra vez.

"Isso mesmo, Etsuko. Seria um monte de entulho." Ela continuou por algum tempo a contemplar a paisagem abaixo de nós. "Aliás, Etsuko", ela disse, após alguns minutos, "presumo que sua amiga, a sra. Fujiwara, tenha perdido a família na guerra."

Assenti.

"Ela tinha cinco filhos. E o marido era um homem importante em Nagasaki. Quando a bomba caiu, todos morreram, com exceção do filho mais velho. Deve ter sido um tremendo choque para a sra. Fujiwara, mas ela simplesmente seguiu em frente."

"Sim", disse Sachiko, fazendo um meneio com a cabeça, bem devagar. "Pensei que tivesse acontecido algo assim. E ela sempre teve aquele restaurante de lámen?"

"Não, claro que não. O marido era um homem importante. Isso só veio depois que ela perdeu tudo. Sempre que a vejo, penso comigo mesma que tenho que ser como ela, que devo olhar para a frente com esperança. Porque, em muitos aspectos, ela perdeu mais do que eu. Afinal, agora estou começando minha própria família."

"É, tem toda razão." O vento desarrumara os cabelos cuidadosamente penteados de Sachiko. Ela passou a mão no cabelo e depois respirou fundo. "Você tem toda razão, Etsuko, não devíamos ficar olhando para o passado. A guerra destruiu muito do que eu possuía, mas ainda tenho minha filha. Como você diz, precisamos olhar para a frente com esperança."

"Sabe, só nos últimos dias pensei realmente como vai ser", eu disse. "Quer dizer, como vai ser ter um filho. Já não sinto tanto medo. Vou olhar para a frente com muita esperança. A partir de agora vou ser otimista."

"E deve ser mesmo, Etsuko. Afinal de contas, você tem muita coisa boa pela frente. Na verdade, vai logo descobrir que ser mãe é o que faz a vida valer a pena. O que me importa se a vida é um pouco enfadonha na casa do meu tio? Tudo o que quero é o melhor para minha filha. Vamos arranjar os melhores professores particulares, e num instante ela vai recuperar o que perdeu. Como você diz, Etsuko, devemos encarar a vida com fé."

"Fico muito feliz de você achar isso", eu disse. "Na verdade, nós duas devemos nos sentir gratas. Podemos ter perdido muito na guerra, mas o futuro ainda pode nos trazer bastante coisa."

"Isso, Etsuko, precisamos confiar no futuro."

Mariko aproximou-se e parou diante de nós. Talvez tivesse ouvido parte da conversa, porque me disse:

"Vamos morar outra vez com Yasuko-San. Mamãe contou para você?"

"Contou, sim", respondi. "Você está satisfeita de morar lá outra vez, Mariko-San?"

"Agora talvez a gente possa ficar com os gatinhos", disse a menina. "Tem muito espaço na casa da Yasuko-San."

"Vamos ter que ver isso depois, Mariko", disse Sachiko.

Mariko olhou para a mãe por um momento e disse: "Mas Yasuko-San gosta de gatos. E, de qualquer forma, a Maru era da Yasuko-San antes de ficarmos com ela. Por isso os filhotes também são dela".

"Está bem, Mariko, mas vamos ter que ver. Vamos ter que ver o que o pai da Yasuko-San diz."

A menina lançou um olhar mal-humorado para a mãe, voltando-se depois para mim.

"Pode ser que a gente fique com eles", disse com uma expressão séria.


Lá pelo fim da tarde voltamos à clareira na qual havíamos descido do bondinho. Como restavam ainda alguns biscoitos e chocolates do nosso lanche, sentamo-nos a uma das mesas de piquenique para fazer um lanche. No outro lado da clareira, várias pessoas estavam agrupadas perto da cerca de metal, aguardando o bondinho que as levaria para baixo.

Estávamos sentadas em volta da mesa de piquenique já fazia algum tempo quando uma voz nos fez olhar para cima. A norte-americana atravessou a clareira com passos rápidos, sorrindo de uma orelha à outra. Sem o menor sinal de timidez, sentou-se à nossa mesa, sorriu para cada uma de nós e começou a falar com

Sachiko em inglês. Imagino que estivesse grata pela chance de usar outro meio de comunicação além dos gestos. Passando os olhos em volta, localizei a japonesa ali perto, vestindo um casaco no filho. Ela pareceu menos entusiasmada em nos fazer companhia, porém acabou aproximando-se da mesa com um sorriso. Sentou-se à minha frente e, quando o filho se acomodou ao lado dela, pude ver o quanto a mulher e a criança compartilhavam a mesma feição, típica de gente obesa; em especial, as bochechas de ambos eram flácidas, semelhantes às dos buldogues. A norte-americana, enquanto isso, continuava a falar em voz alta com Sachiko.

Ao chegarem os estranhos, Mariko abriu seu caderno de desenho e começou a trabalhar nele. A mulher gorda, depois de trocar algumas gentilezas comigo, dirigiu-se à menina.

"E você, gostou do passeio?", perguntou a Mariko. "É muito bonita a vista lá de cima, não é?"

Mariko continuou a desenhar com os lápis de cor, sem levantar a vista. A mulher, porém, não desanimou nem um pouco.

"O que você está desenhando aí?", perguntou. "Parece muito lindo."

Dessa vez, Mariko parou de desenhar e a encarou com frieza.

"Parece muito lindo. Posso ver?" A mulher estendeu a mão e pegou o caderno. "Não são lindas, Akira?", perguntou ao filho. "Essa mocinha é mesmo inteligente, não é?"

O menino debruçou-se sobre a mesa a fim de ver melhor. Examinou os desenhos com interesse mas não disse nada.

"São realmente muito bonitos." A mulher folheava as páginas. "Fez todos esses hoje?"

Mariko permaneceu em silêncio por um momento, e depois disse: "Os lápis são novos. Compramos hoje de manhã. É mais difícil desenhar com lápis novos".

"Entendo. É, os novos são mais duros, não? O Akira também desenha, não é, Akira?"

"Desenhar é fácil", disse o garoto.

"Não são lindos esses desenhos, Akira?"

Mariko apontou para a página aberta.

"Não gosto desse. Os lápis ainda não estavam usados. Prefiro o da outra página."

"Ah, sim. Esse é lindo!"

"Fiz no porto", disse Mariko. "Mas lá era barulhento e muito quente, por isso desenhei depressa."

"Mas é muito bom. Você gosta de desenhar?"

"Gosto."

Sachiko e a norte-americana se voltaram para olhar o caderno. A estrangeira apontou para o desenho e exclamou diversas vezes a palavra japonesa que significa "delicioso".

"E o que é isso?", continuou a mulher gorda. "Uma borboleta! Deve ter sido muito difícil desenhar uma borboleta tão bem, não deve ter ficado parada muito tempo."

"Lembrei como ela era", disse Mariko. "Vi uma antes."

A mulher concordou com a cabeça e se dirigiu a Sachiko: "Como sua filha é inteligente! Acho muito louvável que uma criança use sua memória e imaginação. Muitas crianças nessa idade ainda estão copiando de algum livro".

"É, suponho que sim", disse Sachiko.

Fiquei muito surpresa com seu tom de desdém, porque ela vinha conversando com a norte-americana de forma muito delicada. O garoto gordo se debruçou ainda mais sobre a mesa e plantou o dedo na página.

"Esses navios estão grandes demais", ele disse. "Se isso aqui era para ser uma árvore, então os navios tinham que ser muito menores."

Sua mãe refletiu sobre isso um momento.

"Bem, talvez", ela disse. "Mas de toda forma é um desenho muito bonitinho. Não acha, Akira?"

"Os navios são grandes demais", respondeu o menino.

A mulher soltou uma risada.

"Você tem que desculpar o Akira", disse para Sachiko. "Mas, sabe, ele tem um professor de desenho muito famoso, por isso é óbvio que conhece mais essas coisas que a maioria das crianças da mesma idade. Sua filha tem um professor de desenho?"

"Não, não tem." Mais uma vez o tom de voz de Sachiko não deixou dúvidas de sua frieza. No entanto, não parecia que a mulher tivesse reparado.

"Não é uma má ideia", ela continuou. "Meu marido foi contra, no início. Achava suficiente que Akira tivesse aulas particulares de matemática e ciência. Mas eu acho que o desenho também é importante. Uma criança deve desenvolver sua imaginação desde cedo. Todos os professores na escola concordaram comigo. Mas ele se dá melhor com a matemática. Acho que a matemática é muito importante, não acha?"

"Com certeza", disse Sachiko. "Estou certa de que é muito útil."

"A matemática aguça a mente das crianças. Sabe-se que a maioria das crianças boas em matemática também é boa em quase todas as outras matérias. Meu marido e eu não nos desentendemos sobre a questão de ter um professor particular de matemática. E valeu muito a pena. No ano passado, Akira sempre era o terceiro ou quarto da turma, mas este ano foi o primeiro o tempo todo."

"Matemática é fácil", o garoto anunciou. Depois disse para Mariko: "Você sabe multiplicar por nove?".

Sua mãe voltou a rir. "Sem dúvida, a mocinha também é muito inteligente. Seus desenhos certamente são promissores."

"Matemática é fácil", o menino repetiu. "Multiplicar por nove é sopa."

"É, Akira sabe toda a tabuada de multiplicação. A maioria das crianças na idade dele só sabe até três ou quatro. Akira, quanto é nove vezes cinco?"

"Nove vezes cinco é quarenta e cinco!"

"E nove vezes nove?"

"Nove vezes nove é oitenta e um!"

A norte-americana perguntou alguma coisa a Sachiko e, quando recebeu um aceno positivo de cabeça, bateu palmas e mais uma vez ficou repetindo a palavra "delicioso".

"Sua filha parece uma menina inteligente", a mulher gorda disse a Sachiko. "Ela gosta da escola? Akira gosta de quase tudo na escola. Além de matemática e desenho, vai muito bem em geografia. Minha amiga ficou muito surpresa quando descobriu que Akira sabia o nome de todas as grandes cidades dos Estados Unidos. Não foi, Suzie-San?" A mulher dirigiu à amiga várias palavras num inglês precário. Parecia que a norte-americana não tinha entendido, mas ela deu um sorriso de aprovação para o menino.

"Mas matemática é a matéria predileta de Akira. Não é, Akira?"

"Matemática é fácil!"

"E qual a matéria predileta da menina na escola?", a mulher perguntou, voltando-se mais uma vez na direção de Mariko.

Mariko não respondeu de imediato, mas depois disse: "Também gosto de matemática".

"Também gosta de matemática! Isso é excelente."

"Então quanto é nove vezes seis?", o menino perguntou em tom raivoso.

"É tão bom quando as crianças se interessam por seus trabalhos na escola, não é?", disse sua mãe.

"Vamos, quanto é nove vezes seis?"

Eu perguntei: "O que Akira-San quer ser quando crescer?".

"Akira, diga à senhora o que você vai ser."

"Presidente da Mitsubishi Corporation!"

"A firma onde trabalha o pai dele", sua mãe explicou. "Akira é muito decidido."

"Dá para perceber", eu disse, sorrindo. "Que maravilha!"

"Onde seu pai trabalha?", o menino perguntou a Mariko.

"Ora, Akira, não faça tantas perguntas, não fica bem." A mulher dirigiu-se outra vez a Sachiko. "Muitos meninos na idade dele ainda dizem que querem ser policiais ou bombeiros. Mas desde que era mais novo Akira tem vontade de trabalhar para a Mitsubishi."

"Onde seu pai trabalha?", o menino perguntou de novo.

Dessa vez, sua mãe, em vez de intervir, olhou para Mariko esperando uma resposta.

"Ele trabalha no zoológico", disse Mariko.

Durante alguns segundos, ninguém falou. Curiosamente, a resposta pareceu humilhar o menino, que se recostou no banco com uma expressão emburrada. Então sua mãe disse de modo hesitante:

"Que ocupação interessante. Gostamos muito de bichos. O zoológico de seu marido é aqui perto?"

Antes que Sachiko pudesse responder, Mariko desceu do banco fazendo bastante barulho. Sem uma palavra, afastou-se e caminhou até umas árvores não muito distantes. Ficamos todos observando-a por algum tempo.

"É a sua mais velha?", a mulher perguntou a Sachiko.

"Só tenho ela."

"Ah, entendo. Realmente não é tão ruim. Assim uma criança pode se tornar mais independente. Acho que também trabalha mais duro. Há uma diferença de seis anos entre este aqui", pôs a mão na cabeça do garoto, "e o mais velho."

A norte-americana soltou um gritinho e bateu palmas. Mariko subia aos poucos pelos galhos de uma árvore. A gorducha virou-se no banco e lançou um olhar preocupado na direção de Mariko.

"Sua filha é tão levada quanto um menino", ela disse.

A norte-americana bateu palmas outra vez.

"Será que é seguro?", a gorducha perguntou. "Ela pode cair."

Sachiko sorriu, e sua atitude com relação à mulher parecia ter se tornado de repente mais amistosa.

"Não está acostumada com crianças que trepam em árvores?", perguntou.

A mulher continuou a olhar com uma expressão de ansiedade.

"Tem certeza de que é seguro? Um galho pode se quebrar."

Sachiko soltou uma risada.

"Tenho certeza de que minha filha sabe o que está fazendo. De qualquer modo, obrigada pela preocupação. É muito gentil de sua parte." Fez uma reverência elegante para a mulher. A norte-americana disse algo a Sachiko, e elas começaram a conversar de novo em inglês. A mulher gorda desviou o olhar das árvores.

"Por favor, não me julgue impertinente", ela disse, pondo a mão sobre meu braço, "mas não pude deixar de notar. Vai ser seu primeiro?"

"Isso", respondi, rindo. "Estou esperando para o outono."

"Maravilhoso! E seu marido também trabalha no zoológico?"

"Ah, não. Trabalha numa firma de eletrônica."

"É mesmo?"

A mulher começou a me dar conselhos sobre como cuidar do bebê. Enquanto isso, pude ver que o menino se afastava da mesa em direção à árvore de Mariko.

"E é uma boa ideia deixar a criança ouvir bastante música clássica", a mulher estava dizendo. "Tenho certeza de que ajuda muito. Uma criança deve ouvir música de qualidade como um de seus primeiros sons."

"Eu gosto muito de música."

O menino estava ao pé da árvore, olhando para Mariko com ar perplexo.

"Nosso filho mais velho não tem um ouvido tão bom para música como o Akira", a mulher continuou. "Meu marido diz que isso se deve ao fato de que não ouviu bastante música clássica quando era bebê, e estou inclinada a pensar que ele tem razão. Naqueles tempos, as rádios só tocavam músicas marciais. Tenho certeza de que isso não fez nenhum bem para ele."

Enquanto a mulher falava sem parar, pude ver que o menino tentava achar, no tronco, um apoio para o pé. Mariko descera e parecia aconselhá-lo. Ao meu lado, a americana ria espalhafatosamente, às vezes pronunciando palavras isoladas em japonês. O garoto por fim conseguiu levantar-se do solo: tinha um pé fincado numa rachadura do tronco e segurava um galho com ambas as mãos. Embora estivesse a apenas alguns centímetros do chão, parecia estar muito tenso. Difícil dizer se foi de propósito ou não, mas, ao descer, Mariko pisou firme nos dedos do garoto. Ele soltou um berro e caiu desajeitadamente.

A mãe se voltou, alarmada. Sachiko e a norte-americana, que não tinham presenciado o incidente, também se viraram na direção do menino. Ele estava caído de lado, fazendo um escândalo. A mãe correu até ele e, ajoelhando-se a seu lado, começou a apalpar suas pernas. O garoto continuou a urrar. Do outro lado da clareira, todos os passageiros que esperavam pelo bondinho olhavam para nós. Depois de um minuto ou mais, o menino chegou soluçando à mesa, trazido pela mãe.

"Subir em árvores é tão perigoso!", ela disse, irritada.

"Não foi um tombo grande", eu a tranquilizei. "Ele mal tinha subido na árvore."

"Podia ter quebrado um osso. Acho que as crianças deviam ser desencorajadas de trepar nas árvores. É tão bobo."

"Ela me chutou", disse o garoto em meio aos soluços. "Ela me chutou para fora da árvore. Tentou me matar."

"Ela chutou você? A menina chutou você?"

Vi que Sachiko olhava de relance para a filha. Mariko mais uma vez estava no alto da árvore.

"Ela tentou me matar."

"A menina chutou você?"

"Seu filho simplesmente escorregou", interrompi rapidamente. "Vi tudo daqui. Ele nem tinha subido direito, não caiu quase nada."

"Ela me chutou. Tentou me matar."

A mulher se voltou e olhou para a árvore.

"Ele só escorregou", repeti.

"Você não devia fazer essas bobagens, Akira", disse a mulher, em tom raivoso. "É muito perigoso trepar em árvores."

"Ela tentou me matar."

"Você está proibido de trepar em árvores."

O garoto continuou a soluçar.

Nas cidades japonesas, muito mais que na Inglaterra, parece que todos os donos de restaurantes e de casas de chá, e os donos de qualquer loja, desejam que escureça logo; antes mesmo do pôr do sol, eles acendem lanternas nas vitrines e anúncios luminosos sobre as portas. Nagasaki já estava toda decorada com as cores da noite quando voltamos para casa; tínhamos saído de Inasa no fim da tarde e jantado no restaurante que fica no térreo da loja de departamentos Hamaya. Depois, relutantes em dar o dia por terminado, passeamos pelas ruas laterais, sem pressa de chegar à estação de bondes. Naqueles dias, lembro que era moda os casais de jovens serem vistos em público de mãos dadas — coisa que Jiro e eu jamais havíamos feito — e, em nossa caminhada, vimos muitos deles à procura de alguma diversão noturna. O céu, como era comum naquelas noites de verão, tinha uma coloração roxo-clara.

Muitas barracas vendiam peixe e, naquela hora em que os barcos chegavam ao porto, era comum ver homens abrindo caminho nas apinhadas ruas laterais, carregando nos ombros cestas com peixes recém-pescados. Foi numa dessas ruas, cheias de lixo e gente que andava à toa, que encontramos a barraca de *kujibiki*. Como nunca tive o hábito de fazer apostas em jogos e como não há um equivalente na Inglaterra — exceto nos parques de diversão —, eu bem poderia ter me esquecido da existência de tal coisa, não fosse pelas recordações daquela noite especial.

Ficamos atrás de um grupo de pessoas, observando o que acontecia. Uma mulher ergueu um menininho de uns dois ou três anos; em cima do estrado, um homem com um lenço amarrado na cabeça se debruçou para a frente com uma tigela a fim de que a criança a alcançasse. O garotinho conseguiu pegar um talão, mas não sabia o que fazer com ele. Segurou-o numa das mãos e olhou, perplexo, os rostos sorridentes ao seu redor. O homem com o lenço abaixou-se mais e disse alguma coisa ao menino, provocando risos nos que estavam mais próximos. Por fim, a mãe baixou o filho, pegou o talão e entregou ao homem. No sorteio, o talão deu direito a um batom, que a mulher aceitou soltando uma risada.

Mariko estava na ponta dos pés, tentando ver os prêmios nos fundos da barraca. De repente, ela se virou para Sachiko e disse: "Quero comprar um talão".

"É jogar dinheiro fora, Mariko."

"Quero comprar um talão." Havia uma curiosa urgência em sua voz. "Quero tentar o *kujibiki*."

"Aqui está, Mariko-San."

Ofereci-lhe uma moeda.

Ela se virou na minha direção, um pouco surpresa. Depois pegou a moeda e abriu caminho em meio às pessoas até chegar diante do estrado.

Alguns outros espectadores tentaram a sorte; uma mulher ganhou um confeito, um homem de meia-idade ganhou uma bola de borracha. Depois chegou a vez de Mariko.

"Agora, princesinha", o homem sacudiu a tigela com força, "feche os olhos e pense bem naquele grande urso ali."

"Não quero o urso", disse Mariko.

O homem fez uma careta, as pessoas riram.

"Não quer aquele urso grande e peludo? Bem, bem, princesinha, então o que você quer?"

Mariko apontou para os fundos da barraca.

"Aquela cesta", ela disse.

"A cesta." O homem deu de ombros. "Muito bem, princesa. Feche os olhos e pense na sua cesta. Pronta?"

O talão de Mariko deu direito a um vaso de flores. Ela voltou para onde nós estávamos e me entregou o prêmio.

"Não quer?", perguntei. "Foi você quem ganhou isso."

"Queria a cesta. Os gatinhos agora precisam de uma cesta só para eles."

"Bom, não faz mal."

Mariko virou-se para a mãe.

"Quero tentar outra vez."

Sachiko suspirou.

"Está ficando tarde."

"Quero tentar. Só mais uma vez."

De novo abriu caminho até o estrado. Enquanto esperávamos, Sachiko me disse:

"É engraçado, mas eu tinha uma impressão inteiramente diferente dela. Quer dizer, de sua amiga, a sra. Fujiwara."

"É?"

Sachiko inclinou a cabeça para ver entre os espectadores.

"Não, Etsuko", ela disse, "acho que nunca a vi do mesmo modo que você. Eu tive impressão de que sua amiga era alguém que não tinha mais nada na vida."

"Mas isso não é verdade", eu disse.

"Não? E o que ela tem a esperar do futuro, Etsuko? Qual sua razão de viver?"

"Ela tem o restaurante. Não é nada demais, mas significa muito para ela."

"O restaurante?"

"E o filho. Ele tem uma carreira bem promissora."

Sachiko estava olhando de novo para a barraca.

"Sim, suponho que sim", ela disse, com um sorriso cansado. "Suponho que tenha o filho."

Dessa vez Mariko ganhou um lápis e voltou até nós aborrecida. Começamos a nos movimentar para ir embora, porém Mariko ainda olhava para a barraca de *kujibiki*.

"Vamos", Sachiko disse. "Etsuko-San precisa voltar para casa agora."

"Quero tentar mais uma vez. A última."

Sachiko suspirou, impaciente, depois olhou para mim. Dei de ombros, soltando uma risada.

"Tudo bem", disse Sachiko. "Tente mais uma vez."

Várias outras pessoas receberam seus prêmios. Uma moça ganhou um estojo de maquiagem, e a adequação do prêmio provocou uma salva de palmas. Ao ver Mariko aparecer pela terceira vez, o homem com o lenço fez outra de suas caretas divertidas.

"Bem, princesinha, de volta outra vez! Ainda quer a cesta? Não prefere um urso grande e peludo?"

Mariko não disse nada, esperando que o homem lhe oferecesse a tigela. Recebendo o talão, o sujeito o examinou cuidadosamente e depois deu uma olhada para trás, onde eram exibidos os prêmios. Estudou de novo o talão e por fim fez um sinal afirmativo com a cabeça.

"Você não ganhou a cesta. Mas ganhou… um grande prêmio!"

Ouviram-se risos e aplausos dos espectadores. O homem foi até os fundos da barraca e voltou com o que parecia uma grande caixa de madeira.

"Para sua mãe guardar as verduras!", ele anunciou à plateia e não para Mariko, erguendo o prêmio por alguns instantes. Ao meu lado, Sachiko caiu na gargalhada e se juntou ao aplauso. As pessoas abriram caminho para que Mariko passasse com seu prêmio.

Sachiko ainda ria quando nos afastamos da multidão. Rira tanto que pequenas lágrimas brilhavam em seus olhos. Enxugou--as e examinou a caixa.

"Que coisa mais estranha", ela disse, passando-me o objeto. Era do tamanho de um caixote de laranjas e surpreendentemente leve; a madeira era lisa mas não envernizada; numa das faces havia dois painéis deslizantes feitos de uma tela de arame bem fina.

"Pode se mostrar útil", eu disse, fazendo um painel deslizar para o lado.

"Ganhei um grande prêmio", disse Mariko.

"Ganhou, sim, parabéns", disse Sachiko.

"Uma vez eu ganhei um quimono", Mariko me falou. "Lá em Tóquio ganhei um quimono."

"Bom. Ganhou de novo aqui."

"Etsuko, talvez você possa carregar minha bolsa. Aí posso levar esse objeto para casa."

"Ganhei um grande prêmio", Mariko repetiu.

"É mesmo, você foi muito bem", disse sua mãe, rindo um pouco.

Afastamo-nos da barraca de *kujibiki*. A rua estava coberta de jornais descartados e todo tipo de lixo.

"Os gatinhos podiam morar aí, não podiam?", Mariko perguntou. "Podíamos botar tapetes dentro e assim seria a casa deles."

Sachiko lançou um olhar duvidoso para a caixa que carregava nos braços.

"Não acho que eles iam gostar muito dela."

"Podia ser a casa deles. E aí, quando formos morar com a Yasuko-San, carregamos eles dentro da caixa."

Sachiko deu um sorriso cansado.

"Podemos, não é mesmo, mamãe? Podemos carregar os gatinhos aí."

"É, acho que sim", disse Sachiko. "Está bem. Vamos carregar os gatinhos no caixote."

"Quer dizer então que podemos ficar com os gatinhos?"

"Tá bom, podemos ficar com os gatinhos. Tenho certeza de que o pai da Yasuko-San não vai se opor."

Mariko correu um pouco à frente, depois esperou que a alcançássemos.

"Então não precisamos mais achar uma casa para eles?"

"Não, agora não. Como vamos para a casa da Yasuko-San, então podemos ficar com os gatinhos."

"Não vamos precisar encontrar outros donos. Podemos ficar com todos eles. Podemos levar no caixote, não é, mamãe?"

"É", disse Sachiko.

Jogou então a cabeça para trás e começou a rir de novo.


Muitas vezes me pego relembrando o rosto de Mariko como o vi naquela noite voltando de bonde para casa. Ela olhava pela janela, a testa grudada no vidro; um rosto de menino, captado nas luzes cambiantes da cidade que ia ficando para trás, aos sacolejos. Mariko permaneceu em silêncio durante todo o trajeto, Sachiko e eu conversamos um pouco. Em certo momento, recordo que Sachiko perguntou:

"Seu marido vai ficar zangado com você?"

"É bem possível", respondi com um sorriso. "Mas avisei ontem que talvez chegasse tarde."

"Foi um dia agradável."

"Foi, sim. Jiro vai ter simplesmente que sentar e ficar aborrecido. O dia de hoje me deu muito prazer."

"Temos que repetir, Etsuko."

"Também acho."

"Lembre-se, por favor, de me visitar depois que eu me mudar."

"Sim, vou me lembrar."

Voltamos a ficar em silêncio. Um pouco mais tarde, quando o bonde reduziu a velocidade a fim de parar, notei que Sachiko teve um sobressalto repentino. Ela estava olhando para a outra extremidade do bonde, onde duas ou três pessoas se encontravam próximas à saída. Uma delas era uma mulher que olhava para Mariko. Tinha uns trinta anos, exibia um rosto magro e ar cansado. É possível que estivesse observando Mariko de forma totalmente inocente, e duvido que eu suspeitaria de qualquer coisa não fosse a reação de Sachiko. Enquanto isso, Mariko continuou a olhar para fora da janela, sem reparar na mulher.

A mulher notou que Sachiko a observava e virou o rosto. O bonde parou, as portas se abriram e a mulher desceu.

"Você conhece aquela pessoa?", perguntei com voz tranquila.

Sachiko deu uma risadinha.

"Não. Apenas me enganei."

"Confundiu com outra pessoa?"

"Só por um instante. Na verdade, nem eram parecidas."

Riu de novo e deu uma olhada para fora a fim de saber onde estávamos.

# 8.

Em retrospecto, parece claro por que Ogata-San passou tanto tempo conosco naquele verão. Conhecendo muito bem seu filho, deve ter identificado a estratégia de Jiro com respeito ao artigo de Shigeo Matsuda: meu marido estava simplesmente esperando que Ogata-San voltasse para sua casa em Fukuoka a fim de que o assunto fosse de todo esquecido. No meio-tempo, continuaria a concordar que tal ataque ao nome da família devia ser respondido de forma firme e imediata, que a questão tinha a ver tanto com ele como com seu pai, e que escreveria ao velho colega de escola tão logo encontrasse tempo. Agora, olhando para trás, consigo perceber como isso era típico do modo como Jiro sempre lidava com qualquer confrontação que pudesse se tornar inconveniente. Anos depois, caso ele não houvesse enfrentado outra crise da mesma maneira, talvez eu nunca tivesse saído de Nagasaki. No entanto, isso não vem ao caso.

Já contei anteriormente alguns detalhes da noite em que os dois colegas bêbados de meu marido chegaram para interromper a partida de xadrez entre Jiro e Ogata-San. Naquela noite, ao me preparar para dormir, senti muita vontade de conversar com Jiro sobre toda a questão de Shigeo Matsuda; embora não quisesse que ele escrevesse a carta a contragosto, sentia de forma cada vez mais intensa que deveria esclarecer sua postura ao pai. Não obstante, me abstive de mencionar o assunto naquela noite, tal como já havia ocorrido em ocasiões anteriores. Para começo de conversa, meu marido teria considerado que eu não devia me meter onde não era chamada. Além disso, àquela hora da noite, Jiro estava sempre cansado, e qualquer tentativa de iniciar uma conversa apenas o deixaria impaciente. De todo modo, em nossa relação não era habitual discutirmos nada abertamente.

Ao longo de todo o dia seguinte, Ogata-San ficou no apartamento, estudando com frequência o jogo de xadrez que — assim me disse — fora interrompido num ponto crucial, na noite anterior. Então, naquela noite, cerca de uma hora depois de terminado o jantar, ele pegou o tabuleiro de novo e voltou a estudar as peças. Em determinado momento, levantou a vista e disse a meu marido:

"Quer dizer, Jiro, que amanhã é o grande dia."

Jiro ergueu os olhos do jornal e deu uma risadinha.

"Nada demais", ele disse.

"Bobagem. É um grande dia para você. Claro, é imperativo que faça o melhor pela firma, mas, na minha opinião, isso é um triunfo em si mesmo, seja qual for o resultado amanhã. Ser convidado a representar a firma nesse nível, tão cedo na carreira, não deve ser uma coisa comum, mesmo nos dias de hoje."

Jiro sacudiu os ombros.

"Suponho que não. É óbvio que, mesmo se tudo correr excepcionalmente bem, nada garante que eu vá ser promovido. Mas acredito que o diretor deve estar razoavelmente satisfeito com meus esforços este ano."

"Pelo que consta, ele tem grande fé em você. E como acha que vai ser amanhã?"

"Bastante tranquilo, assim espero. A essa altura, todos os envolvidos precisam cooperar. É mais uma questão de criar as bases para a verdadeira negociação no outono. Nada de tão especial."

"Bom, simplesmente vamos ter que esperar e ver o que acontece. Agora, Jiro, por que não acabamos essa partida? Já estamos nela há três dias."

"Ah, sim, a partida. Claro, papai, mas quero que entenda que, por mais êxito que eu tenha amanhã, isso não garante que eu vá ser promovido."

"Claro que não, Jiro, entendo dessas coisas. Eu mesmo cresci numa carreira competitiva. Sei muito bem como é. Às vezes escolhem alguém que, se houvesse justiça, nem poderia ser comparado a você. Mas isso não pode desencorajá-lo. A gente persevera e triunfa no final. Agora, vamos terminar essa partida."

Meu marido deu uma olhada para o tabuleiro, mas não fez menção de aproximar-se dele.

"Você praticamente ganhou, se me lembro bem", ele disse.

"Bom, você estava numa posição muito difícil, mas tem uma saída, se for capaz de descobrir. Lembra-se, Jiro, quando comecei a ensinar esse jogo a você, como sempre alertei contra o uso das torres cedo demais? E você ainda faz o mesmo erro. Compreende?"

"As torres, sei. É como você disse."

"Além disso, Jiro, não acho que esteja planejando suas jogadas com antecedência, está? Lembra-se do trabalho que tive para fazer você planejar pelo menos três jogadas à frente? Mas não acho que esteja fazendo isso."

"Três jogadas à frente? Bem, não, creio que não. Não pretendo ser um perito como você, papai. Em todo caso, podemos dizer que você ganhou."

"Na verdade, Jiro, ficou dolorosamente claro desde o começo que você não estava planejando suas jogadas. Quantas vezes lhe disse? Um bom jogador de xadrez precisa planejar pelo menos três jogadas à frente."

"Entendo, acredito que sim."

"Por exemplo, por que jogou esse cavalo aqui? Jiro, olhe, você nem está olhando. Pode ao menos se lembrar por que jogou isso aqui?"

Jiro olhou de relance para o tabuleiro.

"Para ser franco, não lembro", ele disse. "Provavelmente houve uma razão boa o suficiente naquela hora."

"Uma razão boa o suficiente? Que bobagem, Jiro. Nas primeiras jogadas, você estava planejando, dava para perceber. Então tinha de fato uma estratégia. Mas, tão logo eu a desarmei, você desistiu, começou a fazer uma jogada de cada vez. Não se lembra do que eu sempre dizia? O xadrez depende de estratégias coerentes. Exige que não se desista quando o inimigo destrói um plano, que se crie logo um outro. Não se ganha ou se perde uma partida quando o rei está finalmente encurralado. A partida é decidida quando um jogador desiste de ter alguma estratégia. Quando seus soldados estão todos espalhados, quando não têm uma causa comum, quando cada peça é movimentada de forma isolada. É aí então que a partida foi perdida."

"Muito bem, papai, admito isso. Perdi. Quem sabe agora podemos esquecer o assunto."

Ogata-San olhou rapidamente para mim e depois para Jiro.

"Que tipo de conversa é essa? Estudei o tabuleiro hoje com muito cuidado e posso ver três maneiras de você escapar."

Meu marido baixou o jornal.

"Me desculpe se estou errado", ele disse, "mas creio que você mesmo disse que o jogador que é incapaz de manter uma estratégia coerente é inevitavelmente o perdedor. Bem, como você indicou várias vezes, eu só estou pensando numa jogada de cada vez, por isso não faz sentido continuar. Agora, se me desculpa, quero acabar de ler esta notícia."

"Ora, Jiro, isso é simplesmente uma atitude derrotista. Como lhe disse, a partida está longe de ter sido perdida. Você devia estar planejando sua defesa agora, para sobreviver e lutar de novo. Jiro, você sempre teve uma queda pelo derrotismo, desde moço. Eu esperava ter eliminado esse traço seu, mas aqui está ele de volta, depois de tanto tempo."

"Me desculpe, mas não vejo o que isso tem a ver com derrotismo. Não passa de um jogo."

"Pode ser realmente apenas um jogo. Mas um pai conhece bem seu filho. Um pai pode reconhecer esses traços negativos quando eles se apresentam. Essa é uma qualidade sua da qual não me orgulho, Jiro. Você desistiu assim que sua primeira estratégia fracassou. E agora, quando é forçado a jogar na defesa, fica amuado, não quer continuar a partida. Ora, era assim que você se comportava quando tinha nove anos."

"Papai, tudo isso é uma besteira. Tenho coisas melhores para fazer do que pensar em xadrez o dia todo."

Jiro falara bem alto e, por um momento, Ogata-San pareceu surpreso.

"Pode ser muito bom para você, papai", meu marido continuou. "Você tem o dia inteiro para bolar estratégias e manobras. Pessoalmente, tenho coisas melhores para fazer com meu tempo."

Dito isso, meu marido retornou ao jornal. Seu pai continuou a olhar fixamente para ele, com uma expressão de perplexidade. Por fim, Ogata-San começou a rir.

"Veja bem, Jiro", ele disse, "estamos gritando um com o outro como duas vendedoras de peixe." Soltou outra risada. "Como duas vendedoras de peixe."

Jiro não ergueu a vista.

"Vamos, Jiro, chega de discutir. Se não quer terminar a partida, não precisamos terminar."

Meu marido não deu nenhum sinal de que tivesse escutado.

Ogata-San riu de novo.

"Está bem, você ganhou. Não vamos jogar mais. Mas deixe eu lhe mostrar como poderia ter saído dessa encrenquinha aqui. Havia três coisas que você podia ter feito. A primeira é a mais simples, e eu não podia fazer praticamente nada para impedir. Olhe aqui, Jiro. Jiro, olhe, estou lhe mostrando uma coisa."

Jiro continuou a ignorar o pai. Parecia mesmo estar solenemente absorto na leitura. Virou uma página e prosseguiu.

Ogata-San balançou a cabeça, rindo baixinho.

"Igual quando criança", ele disse. "Quando não está satisfeito com alguma coisa, fica amuado e não há o que fazer com ele." Olhou para onde eu estava sentada e soltou uma risada bastante estranha. Depois olhou mais uma vez na direção do filho. "Jiro, olhe. Deixe ao menos que eu lhe mostre isso. É muito simples."

De repente, meu marido jogou no chão o jornal e avançou na direção do pai. Sem dúvida pretendia atirar no chão o tabuleiro e todas as peças, mas se movimentou desajeitadamente e, antes que pudesse atingir o tabuleiro, seu pé derrubou o bule que estava a seu lado. O bule rolou, a tampa abriu ao ser sacudida e o chá se derramou rapidamente pela superfície do tatame. Jiro, sem saber direito o que ocorrera, virou-se e contemplou o chá derramado. Depois, deu meia-volta e olhou para o tabuleiro. A visão das peças, ainda de pé em suas casas, pareceu enfurecê-lo ainda mais, e por um momento pensei que ele faria nova tentativa de derrubar tudo. De fato, porém, agarrou o jornal e saiu da sala sem dizer uma palavra.

Corri para onde o chá tinha sido derramado. Parte do líquido começou a molhar a almofada onde Jiro se sentara. Afastei a almofada e a sequei com a beira do meu avental.

"Exatamente como ele era quando criança", disse Ogata-San. Um pálido sorriso surgiu em seus olhos. "As crianças se transformam em adultos, mas não mudam muito."

Fui até a cozinha pegar um pano. Ao voltar, Ogata-San estava sentado na mesma posição em que eu o deixara, o sorriso ainda pairando nos olhos. Contemplava a poça no tatame e parecia imerso em pensamentos. Na verdade, tive a impressão de que estava tão absorto na contemplação do chá que hesitei um pouco antes de ajoelhar-me para enxugá-lo.

"Você não deve permitir que isso a aborreça, Etsuko", ele disse depois de algum tempo. "Não há motivo para você ficar aborrecida."

"Compreendo."

Continuei a enxugar o tatame.

"Bom, acho que é melhor nos recolhermos logo. É bom dormir cedo vez ou outra."

"Sim."

"Não deve deixar que isso a perturbe, Etsuko. Jiro terá esquecido tudo amanhã, você vai ver. Lembro-me muito bem desses ataques dele. Na verdade, me causa nostalgia presenciar uma pequena cena como essa. Me faz recordar muito como ele era quando criança. Sim, é o que basta para gerar alguma nostalgia."

Continuei a enxugar o chá.

"Olha, Etsuko", ele disse. "Não é para você se aborrecer com isso."

Não troquei mais nenhuma palavra com meu marido até a manhã seguinte. Ele tomou o café olhando de vez em quando para o jornal matutino que eu pusera junto à sua tigela. Falou pouco e não comentou o fato de que seu pai ainda não aparecera. De minha parte, prestei bastante atenção para captar algum som vindo do quarto de Ogata-San, mas não ouvi nada.

"Espero que tudo corra bem hoje", falei depois de estarmos sentados em silêncio por alguns minutos.

Meu marido deu de ombros.

"Não é nada especial", ele disse. Olhou então para mim e continuou: "Hoje eu queria a gravata de seda preta, mas acho que você fez alguma coisa com ela. Gostaria que não mexesse nas minhas gravatas".

"A de seda preta? Está pendurada com todas as outras."

"Não estava lá agora mesmo. Gostaria que parasse de mexer nelas o tempo todo."

"A de seda deve estar lá com as outras", eu disse. "Passei faz dois dias porque sabia que você ia querer ela hoje, mas tenho certeza de que pus de volta. Tem certeza de que não estava lá?"

Meu marido deu um suspiro impaciente e olhou para o jornal.

"Não faz mal", ele disse. "Vou com essa aqui mesmo."

Ele continuou a comer em silêncio. Enquanto isso, ainda não havia o menor sinal de Ogata-San e, passado certo tempo, me levantei e fui diante de sua porta para tentar ouvir algo. Não tendo escutado nenhum som por vários segundos, ia empurrar a porta um pouquinho. Mas meu marido se virou para mim e disse:

"O que você está fazendo? Não posso perder a manhã toda, você sabe."

Empurrou a xícara para a frente.

Voltei a me sentar, pus de lado os pratos usados por ele e servi o chá. Jiro o tomou em goles rápidos, passando a vista pela primeira página do jornal.

"Hoje é um dia importante para nós", eu disse. "Espero que tudo corra bem."

"Nada de especial", ele disse, sem erguer os olhos.

No entanto, antes de sair naquela manhã, Jiro se examinou com atenção no espelho do hall de entrada, ajeitando e estudando o rosto a fim de ver se havia se barbeado de modo correto. Depois que saiu, fui mais uma vez até a porta de Ogata-San, porém ainda sem ouvir nada.

"Papai?", chamei baixinho.

"Ah, Etsuko", ouvi a voz de Ogata-San lá de dentro. "Devia saber que você não ia me deixar ficar deitado."

Relativamente aliviada, fui à cozinha preparar um chá fresco e pus o bule na mesa para o desjejum de Ogata-San. Quando ele por fim sentou-se para comer, comentou despreocupadamente:

"Suponho que Jiro já tenha saído."

"Ah, sim, faz um tempão. Eu estava quase jogando fora seu café da manhã. Pensei que papai era preguiçoso demais para se levantar muito antes do meio-dia."

"Olhe, não seja cruel, Etsuko. Quando chegar à minha idade, vez por outra vai querer relaxar. Além do mais, isso aqui é como umas férias para mim, ficar aqui com você."

"Bom, então acredito que, desta vez, papai pode ser perdoado por ser tão preguiçoso."

"Não vou ter a oportunidade de ficar na cama desse jeito depois que voltar para Fukuoka", ele disse, pegando os pauzinhos. Então deu um suspiro profundo. "Acho que está chegando a hora de voltar."

"Voltar? Mas não há pressa, papai."

"Não, tenho mesmo que voltar em breve. Tenho muito trabalho a fazer."

"Trabalho? Que trabalho é esse?"

"Bem, para começar, preciso construir novos painéis deslizantes para a varanda. E depois tem as pedras. Nem comecei a montar o arranjo de pedras. Elas foram entregues meses atrás e lá ficaram no jardim, esperando por mim." Ele deu outro suspiro e começou a comer. "Com certeza não vou ficar deitado assim na cama depois de voltar para casa."

"Mas não precisa ir já agora, precisa, papai? Seu arranjo de pedras pode esperar um pouco mais."

"Você é muito bondosa, Etsuko. Mas agora o tempo ficou

curto. Você sabe, estou esperando minha filha e o marido dela outra vez no outono, e tenho que terminar todo esse trabalho antes que eles cheguem. Nos dois últimos anos foram me ver no outono. Por isso suspeito que vão querer ir outra vez este ano."

"Entendo."

"Sim, é certo que vão querer ir outra vez no outono. É a época mais conveniente para o marido de Kikuko. E Kikuko sempre diz em suas cartas que está curiosa para conhecer minha nova casa."

Ogata-San balançou a cabeça, confirmando suas palavras, e depois voltou a comer da tigela. Observei-o por algum tempo.

"Que filha leal Kikuko-San é para você, papai", eu disse. "Vir de tão longe, de Osaka. Deve sentir saudade de você."

"Acho que ela sente necessidade de ficar distante do sogro de vez em quando. Não posso imaginar outro motivo para ela querer fazer uma viagem tão longa."

"Que maldade, papai! Tenho certeza de que sente saudade de você. Vou ter que contar a ela o que está me dizendo."

Ogata-San riu.

"Mas é verdade. O velho Watanabe manda neles como um senhor feudal. Sempre que me visitam, falam sem parar de como ele está ficando intolerável. Pessoalmente, até que gosto dele, mas não se pode negar que é um velho senhor feudal. Acredito que gostariam de ter um lugar como este, Etsuko, um apartamento assim só para eles. Não é ruim que os casais jovens vivam longe de seus pais. Há cada vez mais casais fazendo isso. Os jovens não desejam que velhos prepotentes mandem neles para sempre."

Parecendo se lembrar do que havia na tigela, Ogata-San começou a comer depressa. Ao terminar, levantou-se e foi até a janela. Lá ficou por alguns segundos, de costas para mim, olhando a paisagem. Depois abriu a janela para deixar entrar mais ar e respirou fundo.

"Está satisfeito com sua casa nova, papai?", perguntei.

"Minha casa? Ora, estou. Vai precisar de mais trabalho em alguns lugares, como eu disse. Mas é muito mais compacta. A de Nagasaki era grande demais só para um velho."

Ele continuou a contemplar a vista; na intensa luz matinal, tudo o que eu podia ver de sua cabeça e seus ombros era uma silhueta pouco nítida.

"Mas era uma casa gostosa, a antiga", eu disse. "Ainda paro, observo e fico pensando quando vou para aquelas bandas. Na verdade, passei por lá na semana passada a caminho do restaurante da sra. Fujiwara."

Pensei que não me ouvira, pois continuava a contemplar em silêncio a paisagem. Mas, um momento depois, ele disse:

"E como ela estava, a casa antiga?"

"Ah, igualzinha. Os novos moradores devem gostar de como papai a deixou."

Ele se virou ligeiramente em minha direção.

"E as azaleias, Etsuko? As azaleias estavam no portão?"

A luminosidade ainda me impedia de ver seu rosto claramente, porém suponho que, por seu tom de voz, estivesse sorrindo.

"Azaleias?"

"Bem, acho que não há por que você se lembrar." Ele se virou mais uma vez para a janela e abriu os braços. "Plantei as azaleias no portão naquele dia. No que dia em que tudo ficou enfim decidido."

"No dia em que ficou decidido o quê?"

"Que você e Jiro iam se casar. Mas nunca lhe falei sobre as azaleias, por isso não é razoável que eu espere que você se lembre delas."

"Plantou azaleias para mim? Ora, que ideia bonita. Mas não, acho que nunca me falou sobre isso."

"Mas, Etsuko, você pediu por elas." Mais uma vez se voltara

144

em minha direção. "Na verdade, me deu ordens para que as plantasse no portão."

"O quê?", eu ri. "Eu lhe dei ordens?"

"Sim, me deu ordens. Como se eu fosse algum jardineiro empregado da casa. Não se lembra? Justo quando pensei que enfim estava tudo certo, e você seria minha nora, então me disse que havia uma coisa a mais, que não viveria numa casa sem azaleias no portão. Se eu não plantasse as azaleias, tudo estaria acabado. Assim, o que eu podia fazer? Tratei imediatamente de plantar as azaleias."

Ri um pouco.

"Agora que você falou, me lembro de alguma coisa nessa linha. Mas que absurdo, papai. Nunca o obriguei."

"Ah, sim, obrigou sim, Etsuko. Disse que não moraria numa casa sem azaleias no portão." Ele se afastou da janela e sentou-se outra vez diante de mim. "Sim, Etsuko, como se eu fosse um jardineiro empregado da casa."

Ambos rimos e comecei a servir o chá.

"As azaleias sempre foram minhas flores prediletas, sabe?"

"Sei. Você me disse."

Terminei de servir o chá e ficamos sentados em silêncio por algum tempo, vendo o vapor subir das xícaras.

"E nessa época eu não fazia a menor ideia", eu disse. "Quer dizer, sobre os planos do Jiro."

"Eu sei."

Inclinei-me para a frente e coloquei um prato de bolinhos junto à xícara de chá dele. Ogata-San os olhou com um sorriso. Depois disse:

"As azaleias cresceram lindamente. Mas aí, é claro, você já tinha se mudado. No entanto, isso não é mau, que os casais jovens morem sozinhos. Veja o caso da Kikuko e de seu marido. Adorariam ter o cantinho deles, mas o velho Watanabe nem deixa que eles considerem essa ideia. Ele é mesmo um senhor feudal!"

"Agora que pensei no assunto", eu disse, "na semana passada havia azaleias no portão. Os novos moradores devem concordar comigo. Azaleias são essenciais num portão."

"Fico contente de saber que ainda estão lá." Ogata-San tomou um gole do chá. Depois suspirou e disse sorrindo: "O Watanabe é mesmo um velho senhor feudal!".

Pouco depois do desjejum, Ogata-San sugeriu que fizéssemos um passeio por Nagasaki — "como os turistas", acrescentou. Concordei de imediato e pegamos um bonde para a cidade. Lembro-me de que passamos algum tempo numa galeria de arte e depois, pouco antes do meio-dia, fomos visitar o monumento à paz no grande parque público que fica não muito distante do centro.

O lugar era conhecido como Parque da Paz, mas eu nunca soube se esse era seu nome oficial: na verdade, a despeito dos sons das crianças e dos pássaros, uma atmosfera solene envolvia a vasta área verdejante. As decorações de praxe, como arbustos e fontes, tinham sido usadas com grande parcimônia, gerando uma espécie de austeridade marcada pela grama cortada rente, o amplo céu de verão e o próprio monumento — uma maciça estátua branca em memória dos mortos pela bomba atômica.

A estátua lembrava um musculoso deus grego, sentado, com os dois braços estendidos. A mão direita apontava para o céu, de onde a bomba caíra; com o outro braço, voltado para a esquerda, a figura supostamente afastava as forças do mal. Seus olhos estavam cerrados em oração.

Sempre tive a impressão de que a estátua era desajeitada, nunca fui capaz de associá-la ao que ocorrera no momento em que a bomba fora lançada e aos dias terríveis que se seguiram. Vista de longe, a figura parecia quase cômica, assemelhando-se a um guarda de trânsito. Para mim não significava mais que uma estátua e, embora a maioria das pessoas em Nagasaki aparentemente a apreciasse como uma espécie de gesto simbólico, suspeito que o sentimento geral fosse similar ao meu. E hoje, quando por acaso me recordo da grande estátua branca em Nagasaki, o que me vem à mente em primeiro lugar é minha visita ao Parque da Paz com Ogata-San naquela manhã e o episódio do cartão--postal.

"Não parece tão impressionante nas fotografias", me lembro de Ogata-San dizer enquanto me mostrava o cartão-postal da estátua, que ele acabara de comprar. Estávamos a cerca de quinze metros do monumento. "Venho pensando em mandar um cartão--postal faz algum tempo", ele continuou. "Vou voltar para Fukuoka em breve, mas acho que ainda vale a pena mandar. Etsuko, você tem uma caneta? Talvez eu deva mandar logo, senão acabo esquecendo."

Encontrei uma caneta na bolsa e nos sentamos num banco próximo. Fiquei curiosa quando o vi olhando fixamente para o lado em branco do cartão, a caneta erguida, mas sem escrever. Uma ou duas vezes ele contemplou a estátua como se buscasse inspiração. Por fim lhe perguntei:

"Está mandando isso para um amigo em Fukuoka?"

"Bom, é só um conhecido."

"Papai está com um ar muito culpado", eu disse. "Me pergunto para quem está escrevendo."

Ogata-San ergueu a vista com ar perplexo. Depois soltou uma gargalhada.

"Culpado? Estou mesmo?"

"Está, muito culpado. Queria saber o que papai anda fazendo quando não há ninguém para tomar conta dele."

Ogata-San continuou a rir alto. Ria tanto que senti o banco tremer. Recuperou-se um pouco e disse: "Muito bem, Etsuko. Você me pegou. Me pegou escrevendo para minha *girlfriend*" — ele usou a expressão inglesa. "Me pegou em flagrante." Começou a rir de novo.

"Sempre suspeitei que papai levasse uma vida glamorosa em Fukuoka."

"Verdade, Etsuko", continuava a rir um pouco, "uma vida muito glamorosa." Então respirou fundo e olhou mais uma vez para o cartão-postal. "Quer saber de uma coisa? Realmente não sei o que escrever. Talvez deva mandar sem nada escrito. Afinal, só queria mostrar o monumento a ela. Mas, pensando bem, talvez isso seja informal demais."

"Bom, não posso lhe dar nenhum conselho, papai, a menos que revele quem é essa dama misteriosa."

"A dama misteriosa, Etsuko, é a dona de um pequeno restaurante em Fukuoka. Bem pertinho da minha casa, por isso em geral vou jantar lá. Às vezes converso com ela, é muito agradável, e prometi que mandaria um cartão-postal do monumento à paz. Lamento dizer que é só isso."

"Entendo, papai. Mas continuo com minhas suspeitas."

"Uma senhora bem agradável, mas ela me cansa depois de algum tempo. Se eu sou o único freguês, ela se planta ao meu lado e fala durante toda a refeição. Infelizmente, não há muitos outros lugares adequados para comer por perto. Você sabe, Etsuko, se me ensinar a cozinhar, como prometeu, então não preciso aturar gente como ela."

"Mas seria inútil", eu disse, rindo. "Papai nunca pegaria o jeito da coisa."

"Bobagem. Você está simplesmente com medo de que eu a supere. É muito egoísmo de sua parte, Etsuko. Agora, deixe-me ver", ele olhou de novo para o cartão-postal, "o que eu posso dizer à velha senhora?"

"Lembra-se da sra. Fujiwara?", perguntei. "Agora ela é dona de um restaurante de lámen. Perto da antiga casa do papai."

"É, ouvi falar. Uma grande pena. Alguém de sua estirpe trabalhando num restaurante de lámen."

"Mas ela gosta. É um motivo para trabalhar. Pergunta por você com frequência."

"Uma grande pena", ele repetiu. "O marido dela era um homem importante. Eu tinha muito respeito por ele. E agora ela administra um restaurante. Extraordinário." Balançou a cabeça com ar sério. "Eu iria lá cumprimentá-la, mas suponho que ela possa achar bastante desagradável, nas atuais circunstâncias."

"Papai, ela não se envergonha de ser dona de um restaurante de lámen. Sente orgulho. Diz que sempre quis ter um negócio, por mais humilde que fosse. Acredito que ficaria encantada com sua visita."

"Segundo você disse, o restaurante fica em Nakagawa."

"É. Perto da sua antiga casa."

Ogata-San parece ter refletido sobre isso por um bom tempo. Depois se dirigiu a mim e disse: "Então, está bem, Etsuko. Vamos lá visitar a sra. Fujiwara". Rabiscou algumas palavras rapidamente no cartão-postal e devolveu minha caneta.

"Quer dizer, vamos agora, papai?"

Fiquei algo surpresa com sua repentina determinação.

"Vamos, por que não?"

"Muito bem. Acredito que possamos almoçar lá."

"Talvez. Mas não desejo humilhar a boa mulher."

"Ela teria prazer em nos servir o almoço."

Ogata-San fez que sim com a cabeça e ficou calado por alguns segundos. Depois disse em tom bastante afirmativo: "Na verdade, Etsuko, venho pensando em visitar Nakagawa já faz algum tempo. Quero falar com alguém lá".

"É?"

"Me pergunto se ele estará em casa a essa hora."

"Quem você quer visitar, papai?"

"Shigeo. Shigeo Matsuda. Pretendo visitá-lo, faz algum tempo. Talvez ele almoce em casa e, nesse caso, sou capaz de pegá-lo. Seria melhor do que incomodá-lo na escola."

Ogata-San contemplou a estátua por alguns minutos, com uma expressão de perplexidade estampada no rosto. Permaneci em silêncio, observando o cartão-postal que ele girava na mão. De repente, deu um tapa nos joelhos e se pôs de pé.

"Está bem, Etsuko", ele disse, "então vamos. Vamos tentar o Shigeo antes, depois visitamos a sra. Fujiwara."


Deve ter sido por volta do meio-dia que tomamos o bonde para Nakagawa; o bonde estava apinhado e as calçadas, cheias de gente a caminho do almoço. Mas, ao sair do centro, o número de passageiros diminuiu e, quando chegamos ao ponto final em Nakagawa, só restava um punhado deles.

Descendo do bonde, Ogata-San parou por alguns instantes e coçou o queixo. Não era fácil dizer se ele estava saboreando o sentimento de voltar ao bairro ou apenas tentando lembrar como chegar à casa de Shigeo Matsuda. Estávamos num pátio de concreto, cercados de vários bondes vazios. Acima da nossa cabeça, um emaranhado de fios. Os raios de sol incidiam com força, fazendo a pintura dos carros brilhar com intensidade.

"Que calor", observou Ogata-San, enxugando a testa.

Depois começou a andar, seguindo na frente rumo a um conjunto de casas que começava do outro lado da estação de bondes.

O bairro não mudara muito ao longo dos anos. Ao caminharmos, as ruas estreitas serpenteavam, subiam e desciam. As casas, muitas ainda familiares para mim, erguiam-se onde o relevo permitia; algumas empoleiradas precariamente nas colinas, outras apertadas em cantos improváveis. Lençóis e roupas estavam pendurados em muitas das sacadas. Passamos por residências mais imponentes, mas não diante da antiga casa de Ogata-San nem da casa em que eu tinha morado com meus pais. Na verdade, me ocorreu o pensamento de que talvez Ogata-San tivesse escolhido deliberadamente o trajeto a fim de evitá-las.

Duvido que tenhamos andado mais de dez ou quinze minutos, mas o sol e as ladeiras tornaram a caminhada muito cansativa. Acabamos parando na metade de uma rua íngreme, e Ogata--San me levou até uma árvore frondosa cuja sombra cobria a calçada. Apontou então para uma casa velha e de aparência bonita, com os grandes telhados inclinados no estilo tradicional.

"É ali que mora o Shigeo", ele disse. "Conheci muito bem o pai dele. Que eu saiba, a mãe ainda mora com ele."

Ogata-San começou então a coçar o queixo, como fizera ao descer do bonde. Esperei sem nada dizer.

"É bem possível que não esteja em casa", disse Ogata-San. "É provável que passe a hora do almoço com os colegas na sala de professores."

Continuei a esperar em silêncio. Ogata-San, ao meu lado, olhava para a casa. Por fim, disse:

"Etsuko, qual a distância daqui até o restaurante da sra. Fujiwara? Tem ideia?"

"Uns poucos minutos a pé."

"Estou pensando agora que talvez fosse melhor você ir na frente e eu a encontrar lá. Acho que será melhor."

"Muito bem, se prefere assim."

"Na verdade, isso tudo foi uma falta de consideração da minha parte."

"Não sou nenhuma inválida, papai."

Ele soltou uma risadinha, olhando depois de relance para a casa.

"Acho que será melhor", repetiu. "Vá na frente."

"Muito bem."

"Espero não demorar. De fato", voltou a olhar para a casa, "por que você não aguarda aqui até eu tocar a campainha? Se me vir entrando, então pode ir para o restaurante da sra. Fujiwara. Foi muita falta de consideração de minha parte."

"Está tudo bem, papai. Agora, escute com atenção ou nunca vai achar o restaurante. Lembra onde era o consultório do médico?"

Mas Ogata-San não estava mais ouvindo. Do outro lado da rua, o portão havia sido aberto e um homem moço, magro e de óculos tinha aparecido. Estava com uma camisa de mangas compridas e carregava uma pequena pasta sob o braço. Semicerrou os olhos ao enfrentar a claridade, depois se curvou sobre a pasta e começou a procurar alguma coisa lá dentro. Shigeo Matsuda parecia mais magro e mais jovem do que eu me recordava das poucas ocasiões em que o encontrara no passado.

# 9.

Shigeo Matsuda fechou a pasta e, olhando ao redor com ar distraído, atravessou para o nosso lado da rua. Lançou um rápido olhar em nossa direção, mas, como não nos reconheceu, continuou a andar.

Ogata-San o acompanhou com os olhos. Depois, quando ele se afastara alguns metros, chamou: "Shigeo!".

Shigeo Matsuda parou e deu meia-volta. Então aproximou-se de nós com uma expressão de surpresa.

"Como vai, Shigeo?"

Seus olhos apertaram-se por trás dos óculos, e ele então riu com alegria.

"Ora, ora, Ogata-San! Essa é uma grande surpresa!" Fez uma reverência e estendeu a mão. "Que surpresa magnífica. E Etsuko-San também! Como vai você? Que bom nos encontrarmos de novo."

Trocamos reverências e ele apertou nossas mãos. Depois disse a Ogata-San: "Por acaso vinham me visitar? Que pena, minha hora do almoço está quase no fim". Olhou para o relógio. "Mas podemos entrar por alguns minutos."

"Não, não", disse Ogata-San apressadamente. "Não nos deixe interromper seu trabalho. Por acaso estávamos passando por aqui e me lembrei que você morava naquela casa. Estava mostrando a Etsuko onde era."

"Por favor, tenho alguns minutos de folga. Deixe que eu ofereça ao menos um pouco de chá. Está fazendo um calorão aqui fora."

"Não, não. Você deve voltar ao trabalho."

Por um momento os dois se entreolharam.

"E como vão as coisas, Shigeo?", Ogata-San perguntou. "Como vai a escola?"

"Ah, mais ou menos o de sempre. Sabe como é. E o senhor, Ogata-San, espero que esteja aproveitando a aposentadoria. Não tinha ideia de que estava em Nagasaki. Jiro e eu não temos mantido contato ultimamente." Depois se virou para mim e disse: "Penso sempre em escrever, mas acabo esquecendo".

Sorri e fiz algum comentário delicado. Os dois homens voltaram a se encarar.

"O senhor está com uma ótima aparência, Ogata-San", disse Shigeo Matsuda. "Está gostando de Fukuoka?"

"Estou, é uma boa cidade. Foi onde nasci, sabe?"

"É mesmo?"

Houve nova pausa. Então Ogata-San disse: "Por favor, não se prenda por nós. Se precisa sair logo, compreendo perfeitamente".

"Não, não. Ainda tenho alguns minutos. Uma pena que não tenham passado antes. Talvez queira fazer uma visita antes de ir embora de Nagasaki."

"Sim, vou tentar. Mas há tanta gente para visitar."

"É, sem dúvida."

"E sua mãe, ela está bem?"

"Está, sim, muito bem, obrigado."

Calaram-se mais uma vez por instantes.

"Fico feliz de que esteja tudo bem", disse por fim Ogata--San. "Sim, só estávamos passando e falei com Etsuko-San que você morava aqui. Na verdade, estava me lembrando como você costumava ir brincar com o Jiro quando eram garotinhos."

Shigeo Matsuda riu.

"O tempo realmente voa, não é mesmo?"

"É o que eu estava dizendo para a Etsuko. Na verdade, ia contar a ela uma coisa curiosa. Lembrei-me dela quando vi sua casa. Uma coisa curiosa."

"Ah, é?"

"É, só me lembrei quando vi sua casa. Sabe, outro dia eu estava lendo uma coisa. Um artigo numa revista. Acho que se chamava *Cadernos da Nova Educação*."

Shigeo não disse nada por alguns instantes, e depois ajustou sua posição na calçada, pondo a pasta no chão.

"Entendo", ele disse.

"Fiquei muito surpreso ao ler o artigo. De fato, fiquei pasmo."

"Suponho que o senhor tenha ficado, sim."

"Era muito extraordinário, Shigeo. Muito extraordinário."

Shigeo Matsuda respirou fundo e olhou para o chão. Concordou com um aceno de cabeça, mas não disse nada.

"Pretendia vir aqui falar com você, faz alguns dias", Ogata--San continuou. "Mas, naturalmente, o assunto escapou da minha cabeça. Shigeo, me diga com franqueza, você acreditava em cada palavra que escreveu? Me explique o que o fez escrever aquelas coisas. Me explique, Shigeo, porque então posso voltar para minha casa em Fukuoka com a mente em paz. No momento, estou muito perplexo."

Shigeo Matsuda estava cutucando uma pedrinha com a ponta do sapato. Por fim, suspirou, olhou para Ogata-San e reajustou os óculos.

"Muitas coisas mudaram nos últimos anos", ele disse.

"Bem, claro que mudaram. Isso eu posso compreender. Que resposta é essa, Shigeo?"

"Ogata-San, deixe-me explicar." Fez uma pausa e voltou a olhar para o chão. Durante um ou dois segundos coçou a orelha. "Entenda, muita coisa mudou. E ainda está mudando. Vivemos numa era diferente daquela em que o senhor foi uma figura influente."

"Mas, Shigeo, o que tem isso a ver? As coisas podem mudar, mas por que escrever aquele artigo? Alguma vez eu fiz algo para ofendê-lo?"

"Não, nunca. Pelo menos não a mim pessoalmente."

"Eu diria que não. Lembra-se do dia em que o apresentei ao diretor da escola? Não faz tanto tempo assim, faz? Ou talvez aquela também fosse uma era diferente?"

"Ogata-San." Shigeo Matsuda levantou a voz e parecia ter assumido um ar de autoridade. "Ogata-San, só desejaria que tivesse chegado uma hora antes. Aí talvez eu pudesse explicar melhor. Não há tempo para falar sobre tudo agora. Mas deixe-me dizer pelo menos o seguinte. Sim, acreditei em tudo o que escrevi no artigo e ainda acredito. Na sua época, coisas terríveis eram ensinadas às crianças no Japão, mentiras muito prejudiciais. Pior que tudo, elas aprendiam a não olhar, a não questionar. E por isso o país foi levado ao mais cruel desastre de toda a sua história."

"Podemos ter perdido a guerra", Ogata-San interrompeu, "mas isso não é razão para macaquear o comportamento de nosso inimigo. Perdemos a guerra por não termos um número suficiente de canhões e de tanques, não porque éramos covardes, não porque nossa sociedade fosse superficial. Você não tem ideia, Shigeo, como trabalhamos duro, homens como eu e o dr. Endo, que você também insultou em seu artigo. Amávamos muito nosso país e trabalhamos duro para assegurar que os conceitos corretos fossem preservados e transmitidos."

"Não duvido disso. Não duvido que o senhor tenha sido sincero e trabalhado duro. Nunca questionei isso nem por um instante. Acontece apenas que suas energias foram gastas com um propósito errado, um objetivo maléfico. O senhor não tinha como saber isso, mas infelizmente é verdade. Agora tudo ficou para trás, e só podemos ficar gratos que tenha sido assim."

"Isso é extraordinário, Shigeo. Acredita mesmo nisso? Quem lhe ensinou a dizer essas coisas?"

"Ogata-San, seja honesto consigo mesmo. No fundo do seu coração, deve saber que estou falando a verdade. E, para ser justo, o senhor não pode ser culpado por não se dar conta das verdadeiras consequências de suas ações. Pouquíssimos homens podiam ver para onde estávamos sendo levados naquela época, e esses homens foram postos na prisão por falarem o que pensavam. Mas agora estão livres e nos conduzirão a uma nova alvorada."

"Uma nova alvorada? Que idiotice é essa?"

"Agora preciso ir. Sinto muito que não possamos discutir isso por mais tempo."

"O que é isso, Shigeo? Como pode dizer tais coisas? Com certeza não tem ideia do esforço e da devoção que homens como o dr. Endo dedicaram a seu trabalho. Você não passava de um garoto, como poderia saber como eram as coisas? Como pode saber o que demos e o que conquistamos?"

"Na realidade, estou familiarizado com certos aspectos de sua carreira. Por exemplo, a expulsão e a detenção de cinco professores em Nishizaka. Abril de 1938, se não me engano. Mas esses homens hoje estão soltos e vão nos ajudar a alcançar uma nova alvorada. Agora, por favor, me desculpe." Pegou a pasta e fez uma reverência a cada um de nós. "Lembranças ao Jiro", acrescentou antes de dar meia-volta e afastar-se.

Ogata-San observou enquanto ele desaparecia ladeira abaixo.

157

Continuou lá de pé por vários instantes, sem falar. Depois, quando se virou para mim, havia um pequeno sorriso em seus olhos.

"Como esses moços são autoconfiantes", ele disse. "Acho que fui igualzinho. Muito seguro de minhas opiniões."

"Papai, talvez agora seja melhor visitar a sra. Fujiwara. É hora de almoçar."

"Ora, é claro, Etsuko. Foi muita falta de consideração de minha parte obrigar você a ficar de pé nesse calor. Isso, vamos ver a boa mulher. Vou gostar muito de rever a sra. Fujiwara."

Descemos a colina e depois atravessamos uma ponte de madeira sobre um rio estreito. Lá embaixo, crianças brincavam na margem do rio, algumas com varas de pescar. Em certo momento, eu disse a Ogata-San:

"Que absurdo ele estava falando."

"Quem? O Shigeo?"

"Que absurdo maldoso. Acho que você não deve dar a menor atenção àquilo, papai."

Ogata-San riu, porém não fez nenhum comentário.


Como sempre àquela hora, o centro comercial do bairro estava repleto de gente. Ao entrar no pátio sombreado do restaurante de lámen, fiquei contente porque várias mesas estavam ocupadas. A sra. Fujiwara nos viu e atravessou o pátio.

"Ora, ora, Ogata-San!", ela exclamou, reconhecendo-o de imediato. "É maravilhoso vê-lo de novo. Já faz um bom tempo, não?"

"De fato, um tempão." Ogata-San retribuiu a reverência que a sra. Fujiwara lhe fizera. "É, muito tempo."

Impressionou-me o calor com que se saudaram, porque, até onde eu sabia, Ogata-San e a sra. Fujiwara nunca tinham se conhecido muito bem. Trocaram uma sucessão aparentemente infinita de reverências antes que ela fosse pegar alguma coisa para comermos.

Voltou logo depois com duas tigelas fumegantes, pedindo desculpa por não ter algo melhor para nós. Ogata-San fez uma reverência de agradecimento e começou a comer.

"Pensei que tivesse esquecido de mim há muito tempo, sra. Fujiwara", ele comentou com um sorriso. "Na verdade, faz muito tempo."

"É um grande prazer revê-lo", disse a sra. Fujiwara, sentando-se na beirada de meu banco. "Etsuko me disse que o senhor está morando em Fukuoka. Visitei Fukuoka várias vezes. Uma bela cidade, não?"

"É, é mesmo. Nasci lá."

"Nasceu em Fukuoka? Mas viveu e trabalhou aqui muitos anos, Ogata-San. Será que não temos aqui em Nagasaki nada que o prenda?"

Ogata-San riu e inclinou a cabeça para um lado.

"Um homem pode trabalhar e dar sua contribuição a determinado lugar, mas, no final", deu de ombros e sorriu melancolicamente, "ainda deseja voltar para onde cresceu."

A sra. Fujiwara fez um gesto de cabeça, demonstrando compreensão. Depois disse: "Estava me lembrando, Ogata-San, do tempo em que o senhor era o diretor da escola do Suichi. Ele tinha tanto medo do senhor!".

Ogata-San riu.

"É, eu me recordo muito bem do seu Suichi. Um menino inteligente. Muito inteligente."

"Ainda se lembra mesmo dele, Ogata-San?"

"Claro que me lembro de Suichi. Ele era muito aplicado. Um ótimo menino."

"Isso mesmo, um ótimo menino."

Ogata-San apontou para sua tigela com os pauzinhos.

"Isso está realmente maravilhoso", ele disse.

"Bobagem. Sinto muito não ter alguma coisa melhor para oferecer."

"Não, está delicioso mesmo."

"Então deixe-me ver", disse a sra. Fujiwara. "Naquele tempo havia uma professora muito boa para o Suichi. Como se chamava? Suzuki, acho que era a srta. Suzuki. Tem ideia do que aconteceu com ela, Ogata-San?"

"A srta. Suzuki? Ah, sim, eu me lembro bem dela. Mas infelizmente não tenho a menor ideia de onde ela possa estar agora."

"Ela era muito boa para o Suichi. E havia outro professor, chamado Kuroda. Um jovem excelente."

"Kuroda", Ogata-San assentiu lentamente com a cabeça. "Ah, sim, Kuroda. Eu me lembro dele. Excelente professor."

"Sim, um moço dos mais impressionantes. Meu marido o admirava muito. Sabe o que aconteceu com ele?"

"Kuroda…" Ogata-San ainda balançava a cabeça, absorto em pensamentos. Um raio de sol bateu em seu rosto, iluminando as muitas rugas em volta dos olhos. "Kuroda, deixe-me ver. Encontrei-o uma vez, por acaso. No começo da guerra. Acho que foi combater. Nunca mais ouvi falar dele. É, um professor excelente. Nunca mais ouvi falar de muita gente daquele tempo."

Alguém chamou a sra. Fujiwara, e ficamos observando enquanto ela atravessava o pátio às pressas para chegar à mesa do freguês. Ficou lá fazendo reverências por alguns segundos e depois, pegando os pratos usados, desapareceu na cozinha.

Após observá-la, Ogata-San balançou a cabeça.

"Uma grande pena vê-la assim", ele disse baixinho. Não falei nada e continuei a comer. Ogata-San então se debruçou sobre a mesa e perguntou: "Etsuko, qual foi mesmo o nome do filho dela que você me falou? O que ainda está vivo".

"Kazuo", sussurrei.

Ele balançou a cabeça e voltou a comer o lámen.

A sra. Fujiwara voltou logo depois.

"Uma vergonha que eu não tenha coisa melhor para lhes oferecer", ela disse.

"Que nada", disse Ogata-San. "Isso está uma delícia. E como vai Kazuo-San?"

"Está bem. Goza de boa saúde e gosta do trabalho."

"Que maravilha. Etsuko me disse que ele trabalha para um fabricante de automóveis."

"É, está muito bem lá. E o que é melhor: pensa em se casar de novo."

"Sério?"

"Ele disse uma vez que nunca mais se casaria, mas agora está olhando para a frente. Não tem ninguém em mira ainda, mas pelo menos começou a pensar na ideia."

"Mostra bom senso", disse Ogata-San. "Seja como for, ele é ainda bem moço, não é?"

"Claro que é. Tem metade da vida pela frente."

"Isso mesmo. A vida toda pela frente. A senhora precisa arranjar uma boa moça para ele."

Ela riu.

"Não pense que não tentei. Mas as moças são tão diferentes nos dias de hoje! Me espanta como as coisas mudaram tão depressa."

"Verdade, tem toda razão. As moças hoje são muito voluntariosas. E falam o tempo todo sobre máquinas de lavar roupa e vestidos norte-americanos. Nossa Etsuko aqui não é diferente."

"Bobagem, papai."

A sra. Fujiwara voltou a rir, depois disse: "Lembro-me da primeira vez que ouvi falar de uma máquina de lavar roupa, não podia acreditar que alguém ia querer uma coisa daquelas. Gastar um bom dinheiro quando se tem duas boas mãos para trabalhar. Mas tenho certeza de que Etsuko não concordaria comigo".

Eu estava prestes a dizer alguma coisa, mas Ogata-San se adiantou: "Deixe-me contar o que ouvi outro dia. Um homem me falou isso, na verdade um colega do Jiro. Aparentemente, nas últimas eleições sua mulher não concordou com ele sobre em que partido deviam votar. Ele teve que bater nela, mas nem assim a mulher cedeu. Por isso, no fim, votaram em partidos diferentes. Pode imaginar uma coisa dessas acontecendo nos velhos tempos? Extraordinário".

A sra. Fujiwara balançou a cabeça.

"As coisas estão tão diferentes agora!", ela disse, suspirando. "Mas soube pela Etsuko que Jiro-San está indo muitíssimo bem. O senhor deve ter orgulho dele, Ogata-San."

"Sim, acho que o rapaz está indo muito bem. Na verdade, ele hoje vai representar sua firma numa reunião de grande importância. Parece que estão pensando em promovê-lo de novo."

"Que maravilha!"

"Foi promovido no ano passado. Pelo jeito, seus superiores o têm em grande conta."

"Que coisa maravilhosa! Deve se sentir muito orgulhoso dele."

"Ele é mesmo um trabalhador incansável. Sempre foi, desde cedo. Lembro que, quando era menino e todos os pais tinham que dizer aos filhos para estudarem com mais afinco, eu precisava mandá-lo brincar mais, que não era bom ele se esforçar tanto."

A sra. Fujiwara riu e balançou a cabeça.

"Eu sei, Kazuo também trabalha para valer", ela disse. "Muitas vezes fica lendo sua papelada noite adentro. Digo que não deveria trabalhar tanto, mas não me ouve."

"Não, nunca ouvem. E devo admitir que eu era igualzinho.

Mas, quando a gente acredita no que está fazendo, não tem vontade de passar horas à toa. Minha mulher sempre me dizia para ir devagar, mas eu nunca ouvia."

"Kazuo é assim mesmo. Mas vai ter que mudar seus hábitos caso se case outra vez."

"Não conte com isso", disse Ogata-San, rindo. Depois pousou os pauzinhos com cuidado sobre a tigela. "Que refeição magnífica!"

"Que nada, sinto muito não poder oferecer coisa melhor. Aceita um pouco mais?"

"Se está sobrando, aceitaria com prazer. Ultimamente, tenho que aproveitar uma boa cozinha como essa."

"Bobagem", disse a sra. Fujiwara mais uma vez, pondo-se de pé.


Não tínhamos voltado para casa havia muito tempo quando ele chegou do trabalho, cerca de uma hora antes do normal. Saudou o pai com grande efusividade — sua demonstração de mau humor da noite passada aparentemente fora esquecida de todo — e desapareceu para tomar banho. Voltou um pouco mais tarde, vestindo um quimono e cantarolando. Sentou-se numa almofada e começou a secar os cabelos com uma toalha.

"Bem, como foi a coisa?", perguntou Ogata-San.

"O quê? Ah, está querendo saber da reunião? Não foi tão mal. Nem um pouco mal."

Eu estava prestes a ir para a cozinha, mas parei na soleira da porta, esperando para ouvir o que mais Jiro tinha a dizer. Seu pai, também, continuou a olhar para ele. Durante vários minutos, Jiro não parou de enxugar os cabelos, sem olhar para nenhum de nós.

"Na verdade", ele disse por fim, "acho que fui muito bem. Persuadi os representantes deles a assinarem um acordo. Não exatamente um contrato, mas para todos os fins a mesma coisa. Meu chefe ficou muito surpreso. Não é comum que eles se comprometam dessa forma. Ele me disse para tirar o resto do dia de folga."

"Ora, que notícia excelente!", disse Ogata-San, rindo depois. Olhou para mim de relance, voltando a seguir a encarar o filho. "Uma notícia excelente!"

"Parabéns", eu disse, sorrindo para meu marido. "Fico muito feliz."

Jiro ergueu a vista, como se pela primeira vez notasse minha presença.

"O que está fazendo aí parada?", ele perguntou. "Um chá não faria mal, sabe?"

Pôs de lado a toalha e começou a pentear os cabelos.

Naquela noite, a fim de comemorar o sucesso de Jiro, preparei uma refeição mais caprichada que de costume. Nem durante o jantar nem no resto da noite Ogata-San mencionou o encontro com Shigeo Matsuda. No entanto, quando estávamos começando a comer, ele disse de repente:

"Bom, Jiro, estou partindo amanhã."

Jiro levantou os olhos.

"Está partindo? Ah, que pena. Bom, espero que tenha gostado da visita."

"Sim, descansei bastante. Na verdade, fiquei mais tempo com vocês do que tinha planejado."

"Você é bem-vindo, papai", disse Jiro. "Não precisa ir logo, fique tranquilo."

"Obrigado, mas preciso voltar a trabalhar. Há algumas coisas que precisam ser terminadas."

"Por favor, nos visite de novo quando lhe for conveniente."

"Papai", eu disse. "Precisa vir para ver o bebê quando ele nascer."

164

Ogata-San sorriu.

"Então talvez no Ano-Novo. Mas não vou aborrecer vocês muito antes disso, Etsuko. Você vai ter muita coisa para cuidar antes de precisar se preocupar comigo."

"Uma pena que me pegou numa época tão agitada", disse meu marido. "Na próxima vez, quem sabe, não estarei sob tanta pressão e teremos mais tempo para conversar."

"Ora, não faz mal, Jiro. Nada me dá mais prazer do que ver como você se dedica ao trabalho."

"Agora que essa transação finalmente saiu", disse Jiro, "vou ter um pouco mais de tempo. É uma vergonha que você tenha de ir logo agora. Eu estava pensando em tirar uns dias de folga também. De todo modo, entendo que não pode ser."

"Papai", eu disse, interrompendo, "se Jiro vai tirar alguns dias de folga, você não pode ficar mais uma semana?"

Meu marido parou de comer, mas não ergueu os olhos.

"É tentador", disse Ogata-San, "mas acho que é mesmo hora de voltar."

Jiro voltou a comer.

"Uma pena", ele disse.

"Sim, preciso mesmo terminar a varanda antes que a Kikuko e o marido cheguem. E é certeza que vão no outono."

Jiro não respondeu, e comemos em silêncio até que Ogata-San falou: "Além disso, não posso ficar sentado aqui pensando em xadrez o dia todo".

Ele riu de um modo um pouco estranho.

Jiro assentiu com a cabeça sem nada dizer. Ogata-San riu de novo, depois voltamos a comer em silêncio.

"Hoje em dia você costuma beber saquê, papai?", Jiro perguntou em certo momento.

"Saquê? Bebo uns golezinhos vez ou outra. Não com frequência."

"Como esta é sua última noite aqui conosco, talvez devêssemos beber um pouco de saquê."

Ogata-San pareceu ter refletido sobre isso durante alguns segundos e por fim disse, sorrindo: "Não é necessário fazer nada de especial por causa de um velho como eu. Mas tomo um copo para comemorar seu magnífico futuro".

Jiro fez um sinal para mim. Indo até o armário, peguei uma garrafa e dois copos.

"Sempre achei que você iria longe", Ogata-San estava dizendo. "Sempre se mostrou promissor."

"Só por causa do que aconteceu hoje, nada garante que me promoverão", disse meu marido. "Mas acredito que meus esforços de hoje não farão nenhum mal."

"Claro que não", disse Ogata-San. "Duvido que você tenha feito algo muito errado hoje."

Ambos observaram em silêncio enquanto eu servia o saquê. Então Ogata-San pousou os pauzinhos e ergueu o copo.

"Ao seu futuro, Jiro", ele disse.

Meu marido, ainda com alguma comida na boca, também ergueu o copo.

"E ao seu, papai", ele disse.


A memória, eu sei, pode ser pouco confiável; muitas vezes ela é bastante influenciada pelas circunstâncias em que nos lembramos das coisas, e sem dúvida isso se aplica a certas recordações que reuni aqui. Por exemplo, me sinto tentada a acreditar que tive uma premonição naquela tarde, que a imagem desagradável que então me invadiu foi alguma coisa totalmente diferente — algo mais intenso e vívido — que os numerosos devaneios que visitam nossa imaginação durante horas tão longas e vazias.

Muito provavelmente, não foi nada tão notável. A tragédia

da menina encontrada pendurada numa árvore — bem mais que todos os assassinatos anteriores de crianças — fora um grande choque para a vizinhança, e eu não teria sido a única pessoa a ficar perturbada com tais imagens.

Foi no fim da tarde, um ou dois dias depois de nosso passeio a Inasa, quando eu me ocupava com pequenas tarefas no apartamento e por acaso olhei pela janela. O terreno baldio devia ter secado bastante desde a primeira ocasião em que eu vira aquele grande carro norte-americano, pois agora ele transpunha a superfície irregular sem grandes dificuldades. Continuou a se aproximar até atingir o chão de concreto abaixo de minha janela. O reflexo do para-brisa me impediu de ver com clareza, mas fiquei com a nítida impressão de que o motorista não estava sozinho. O carro contornou o bloco de apartamentos e desapareceu do meu raio de visão.

Deve ter sido então que aconteceu, exatamente quando eu olhava na direção do chalé, num estado de certa confusão mental. Sem nenhuma causa aparente, aquela imagem tenebrosa dominou meus pensamentos, e me afastei da janela com um sentimento estranho. Retomei as tarefas caseiras, tentando expulsar a imagem da minha mente, mas levou alguns minutos para que eu me sentisse suficientemente livre dela para refletir sobre o reaparecimento do grande carro branco.

Depois de uma hora ou mais é que vi alguém caminhando pelo terreno baldio rumo ao chalé. Protegi os olhos com a mão para enxergar melhor: era uma mulher magra, que andava com passos lentos porém decididos. A figura ficou parada do lado de fora do chalé por algum tempo, depois desapareceu por trás do teto inclinado. Continuei a olhar, mas não a vi mais: tudo indicava que a mulher entrara.

Fiquei por um tempo à janela, sem saber o que fazer. Por fim, calcei sandálias e saí do apartamento. Lá fora, o calor estava no auge, e a travessia daquela área ressequida pareceu durar uma eternidade. Na verdade, a caminhada até o chalé me cansou tanto que, ao chegar, quase esquecera meu propósito original. Por isso, foi com uma espécie de choque que ouvi vozes lá dentro. Uma delas era de Mariko; não reconheci a outra. Aproximei-me da entrada, mas não pude distinguir as palavras. Fiquei imóvel por vários segundos, incerta sobre o que devia fazer. Então puxei para o lado o painel que servia como porta e chamei. As vozes cessaram. Esperei mais um momento e entrei.

# 10.

Depois da luminosidade no lado de fora, o interior da casa parecia fresco e escuro. Aqui e ali, o sol penetrava por algumas frestas, clareando bastante certas áreas do tatame. O cheiro de madeira úmida estava mais acentuado que nunca.

Meus olhos levaram um ou dois segundos para se ajustarem. Uma mulher velha estava sentada no tatame em frente a Mariko. Ao se virar para me ver, ela moveu a cabeça com cuidado, como se temesse machucar o pescoço. O rosto era magro e sua extrema palidez de início me amedrontou bastante. Parecia ter uns setenta anos, embora a fragilidade de seu pescoço e seus ombros pudesse resultar tanto de alguma doença como da velhice. Seu quimono era de um tom escuro, do tipo normalmente usado por pessoas em luto. As pálpebras cobriam boa parte de seus olhos, que me observaram sem nenhuma emoção aparente.

"Boa tarde", ela disse após alguns momentos.

Fiz uma ligeira reverência e retribuí a saudação. Durante alguns segundos nos entreolhamos pouco à vontade.

"A senhora é uma vizinha?", a velha perguntou. Falava devagar, escandindo as sílabas.

"Sim", respondi. "Uma amiga."

Ela continuou a me olhar, e depois perguntou: "Tem ideia de para onde foi a moradora? Deixou a criança aqui sozinha".

A menina mudara de posição e se sentara ao lado da estranha. Mariko me olhou atentamente enquanto a velha fazia aquela pergunta.

"Não, não tenho ideia", respondi.

"É esquisito", disse a mulher. "A menina também não sabe. Me pergunto onde ela pode estar. Não posso ficar muito tempo."

Nos entreolhamos por mais alguns instantes.

"A senhora veio de longe?", perguntei.

"De bem longe. Desculpe, por favor, minha roupa. Acabei de comparecer a um enterro."

"Entendo."

Fiz nova reverência.

"Uma ocasião triste", disse a velha senhora, balançando a cabeça lentamente. "Um ex-colega de meu pai. Meu pai está doente demais para sair de casa. Fui levar seus pêsames. Foi uma ocasião triste." Ela passou os olhos pelo interior da casa, movendo a cabeça com o mesmo cuidado. "Não tem ideia de onde ela está?", perguntou de novo.

"Não, infelizmente não tenho ideia."

"Não posso esperar por muito mais tempo. Meu pai vai ficar ansioso."

"Há alguma mensagem que eu possa transmitir a ela?", perguntei.

A velha senhora não respondeu de imediato. Depois disse: "A senhora talvez poderia lhe dizer que estive aqui e procurei por ela. Sou parente. Meu nome é Yasuko Kawada".

"Yasuko-San?" Fiz o possível para controlar minha surpresa. "A senhora é Yasuko-San, a prima de Sachiko?"

A velha fez uma reverência e seus ombros tremeram ligeiramente. "Se puder, diga que estive aqui procurando por ela. Não tem ideia de onde ela pode estar?"

Neguei outra vez. A mulher balançou a cabeça de novo.

"Nagasaki está muito diferente agora", ela disse. "Mal pude reconhecer a cidade esta tarde."

"Sim", eu disse. "Mudou muito mesmo. Mas a senhora não mora em Nagasaki?"

"Moramos em Nagasaki faz alguns anos. Mudou muito, como a senhora diz. Apareceram novos edifícios, até ruas novas. Deve ter sido na primavera a última vez que vim à cidade. E mesmo desde então surgiram novos prédios. Tenho certeza de que não estavam aqui na primavera. Na verdade, também naquela ocasião compareci a um enterro. Foi quando morreu Yamashita-San. Não sei por quê, mas um enterro na primavera é ainda mais triste. A senhora disse que é vizinha? Então tenho muito prazer em conhecê-la."

Seu rosto tremeu, e vi que ela estava rindo: os olhos quase se cerraram e a boca se curvou para baixo, em vez de para cima. Eu estava desconfortável de pé na entrada, mas não me senti à vontade para pisar no tatame.

"Muito prazer em conhecê-la", eu disse. "Sachiko fala com frequência na senhora."

"Fala de mim?" A mulher pareceu ter refletido sobre isso por um momento. "Esperávamos que ela viesse morar conosco. Com meu pai e comigo. Talvez ela tenha lhe contado isso."

"Contou, sim."

"Estávamos esperando por ela, três semanas atrás. Mas ainda não apareceu."

"Três semanas atrás? Bom, suponho que deva ter havido algum mal-entendido. Sei que ela está se preparando para mudar a qualquer dia."

A velha senhora passou os olhos outra vez pelo interior do chalé.

"Uma pena que não esteja aqui. Mas, se a senhora é vizinha dela, fico muito contente de tê-la conhecido." Fez outra reverência para mim e continuou a me olhar fixamente. "Talvez possa lhe transmitir uma mensagem", ela disse.

"Sem dúvida."

A mulher permaneceu em silêncio por algum tempo, e por fim disse: "Tivemos uma pequena rusga, ela e eu. Talvez ela tenha até lhe falado a esse respeito. Nada mais que um mal-entendido, só isso. Fiquei surpresa ao ver que ela fez as malas e partiu no dia seguinte. Muito surpresa mesmo. Não queria ofendê-la. Meu pai diz que a culpa foi minha". Fez uma pausa. "Não quis ofendê-la", repetiu.

Nunca me ocorrera que o tio e a prima de Sachiko desconhecessem por completo a existência de seu amigo norte-americano. Fiz nova reverência por não saber como reagir.

"Confesso que tenho sentido falta dela", a velha mulher continuou. "Também senti falta da Mariko-San. Gostava da companhia delas, fui uma tola por ter me zangado, dizendo as coisas que disse." Fez nova pausa, olhando para Mariko e depois para mim. "Meu pai, a seu modo, também sente falta delas. Ele pode ouvir, sabe? Ouve como agora a casa está mais silenciosa. Numa dessas manhãs, vi que ele estava acordado e me disse que a casa parecia um túmulo. Igualzinha a um túmulo, ele disse. Faria muito bem a papai tê-las de volta. Talvez ela volte para o bem dele."

"Com certeza vou transmitir seus sentimentos a Sachiko-San", eu disse.

"Para o bem dela também", falou a velha senhora. "Afinal, não é bom que uma mulher não tenha um homem para guiá-la. Só podem resultar coisas ruins de uma situação como essa. Meu pai está doente. Mas não corre risco. Ela devia voltar agora, ao menos para seu próprio bem." A velha começou a desembrulhar um lenço que tinha ao seu lado. "Na verdade, trouxe essas coisas comigo, uns cardigãs que tricotei, nada demais. Mas são de lã boa.

Pretendia oferecê-los quando ela voltasse, mas trouxe comigo hoje. Primeiro, fiz um para a Mariko, depois pensei que poderia também fazer um para a mãe dela."

Mostrou os cardigãs, depois olhou para a menina. Sua boca curvou-se para baixo de novo quando ela sorriu.

"São magníficos", eu disse. "A senhora deve ter levado muito tempo para fazê-los."

"São de lã boa", ela repetiu. Embrulhou os cardigãs no lenço e deu um nó com cuidado. "Agora preciso voltar. Papai vai ficar ansioso."

Pôs-se de pé e saiu do tatame. Ajudei-a a calçar as sandálias de madeira. Mariko tinha vindo até a beira do tatame, e a velha senhora tocou de leve o topo da cabeça da menina.

"Então se lembre, Mariko-San", ela disse, "conte à sua mãe o que eu falei. E não se preocupe com seus gatinhos. Tem espaço de sobra para eles todos na casa."

"Nós vamos logo", disse Mariko. "Vou falar com a mamãe."

A mulher voltou a sorrir. Depois se virou para mim e fez uma reverência.

"Fico contente de tê-la conhecido. Não posso me demorar mais. Papai, a senhora sabe, está doente."


"Ah, é você, Etsuko", falou Sachiko quando voltei ao chalé naquela noite. Depois riu e disse: "Não faça essa cara de surpresa. Não esperava que eu ficasse aqui para sempre, não é?".

Peças de vestuário, lençóis e muitas outras coisas estavam espalhadas pelo tatame. Dei alguma resposta apropriada e me sentei num lugar onde não atrapalharia. No chão, ao meu lado, notei dois quimonos de aparência magnífica, que nunca vira Sachiko usar. Vi também — no centro da sala, dentro de uma caixa de papelão — o delicado serviço de chá de porcelana branca fosca.

Sachiko deixara os painéis centrais abertos totalmente, a fim de permitir que a última claridade do dia penetrasse no chalé; apesar disso, a escuridão aumentava depressa, e os raios do sol, que se punha do lado da varanda, mal atingiam o canto mais remoto de onde Mariko, calada, observava a mãe. Perto dela, dois dos gatinhos brigavam de brincadeira; o terceiro estava nos braços da menina.

"Espero que a Mariko tenha lhe falado", eu disse a Sachiko. "Você recebeu uma visita mais cedo. Sua prima esteve aqui."

"Sei, a Mariko me contou."

Sachiko continuou a encher a grande mala.

"Você vai embora de manhã?"

"Vou", ela respondeu com um quê de impaciência. Depois soltou um suspiro e olhou para mim. "Sim, Etsuko, vamos embora de manhã."

Dobrou alguma coisa num canto do baú.

"Você tem tanta bagagem!", falei por fim. "Como vai levar isso tudo?"

Sachiko não respondeu logo. Depois, sem parar de guardar as coisas, falou: "Você sabe perfeitamente, Etsuko. Vamos pôr no carro".

Permaneci em silêncio. Ela respirou bem fundo e olhou para o outro lado da sala, onde eu estava sentada.

"Isso mesmo, estamos indo embora de Nagasaki, Etsuko. Juro que tinha intenção de me despedir de você depois de terminar as malas. Não iria sem lhe agradecer, você tem sido muito boa. Aliás, quanto ao empréstimo, vou quitar pelo correio. Por favor, não se preocupe com isso."

Voltou a guardar as coisas.

"Para onde você vai?", perguntei.

"Kobe. Tudo agora ficou decidido, de uma vez por todas."

"Kobe?"

"Sim, Etsuko, Kobe. Depois, de lá para os Estados Unidos. Frank arranjou tudo. Não está feliz por mim?"

Ela deu um breve sorriso e virou o rosto outra vez.

Continuei a observá-la. Mariko fazia o mesmo. O gatinho em seus braços lutava para se juntar aos companheiros no tatame, mas a menina ainda o agarrava com firmeza. Ao lado dela, no canto do aposento, vi o caixote de verduras que ganhara na barraca de *kujibiki*; Mariko, aparentemente, o convertera numa casa para os gatinhos.

"Aliás, Etsuko, aquela pilha de roupa ali", Sachiko apontou, "vou ter que deixar para trás. Não imaginava que tivesse tanta coisa. Algumas são de qualidade razoável. Por favor, pegue o que quiser. Não quero ofendê-la, é claro. É apenas porque algumas são de boa qualidade."

"Mas, e seu tio?", perguntei. "E sua prima?"

"Meu tio?" Ela deu de ombros. "Foi bondade dele me convidar para ficar em sua casa. Mas, infelizmente, agora meus planos mudaram. Você não tem ideia, Etsuko, como ficarei aliviada por sair deste lugar. Espero nunca mais viver em tamanha miséria." Então voltou a me olhar e riu. "Dá para ver exatamente o que você está pensando. Fique tranquila, Etsuko, você está muito enganada. Ele não vai me deixar na mão desta vez. Vem aqui no carro amanhã, na primeira hora da manhã. Não está feliz por mim?" Sachiko olhou as coisas espalhadas ao seu redor no chão e suspirou. Depois, passando por cima de uma pilha de roupas, ajoelhou-se ao lado da caixa que continha o serviço de chá e começou a enchê-la com novelos de lã.

"Você já decidiu?", Mariko perguntou de repente.

"Não podemos falar sobre isso agora, Mariko", disse sua mãe. "Estou muito ocupada."

"Mas você disse que eu podia ficar com eles. Não se lembra?"

Sachiko sacudiu a caixa de leve: a porcelana ainda tilintava.

Olhou em volta, encontrou um pedaço de pano e começou a rasgá-lo em tiras.

"Você disse que eu podia ficar com eles", Mariko repetiu.

"Mariko, por favor, pense na situação um instante. Como vamos levar todos esses bichinhos conosco?"

"Mas você disse que eu podia ficar com eles."

Sachiko suspirou e por uns poucos segundos pareceu refletir sobre alguma coisa. Olhou para o serviço de chá, as tiras de pano ainda em suas mãos.

"Você falou, mamãe", disse Mariko. "Não se lembra? Disse que eu podia."

Sachiko olhou para a filha, depois para os gatinhos.

"As coisas mudaram", ela disse, com voz cansada. Então uma onda de irritação invadiu seu rosto e ela jogou no chão as tiras de pano. "Mariko, por que você não para de pensar nesses bichinhos? Como podemos levar os gatos conosco? Não, vamos ter que deixar todos eles aqui."

"Mas você disse que eu podia ficar com eles."

Sachiko encarou a filha por um instante.

"Não consegue pensar em nenhuma outra coisa?", perguntou, baixando a voz até se transformar num mero sussurro. "Não tem idade suficiente para ver que há outras coisas além desses bichinhos sujos? Precisa crescer um pouco. Simplesmente não pode ter esses laços sentimentais para sempre. Eles não passam de *bichos*, será que não vê isso? Não entende isso, menina? Não entende?"

Mariko a encarou de volta.

"Se você quiser, Mariko-San", eu entrei na conversa, "posso vir aqui dar comida para eles de vez em quando. Depois eles vão conseguir uma casa, não há por que você se preocupar."

A menina se voltou para mim.

"Mamãe disse que eu podia ficar com os gatinhos", ela falou.

176

"Deixe de ser tão infantil", disse Sachiko com severidade. "Você está criando problemas de propósito, como sempre faz. Que importância têm esses bichos sujos?" Ela se pôs de pé e foi até o canto onde estava Mariko. Os gatinhos sobre o tatame correram; Sachiko olhou para eles e respirou fundo. Com toda a calma, virou o caixote de verduras de lado — de modo que a tela de arame ficasse para cima —, abaixou-se e jogou os gatinhos lá dentro, um por um. Depois se virou para a filha: Mariko ainda se agarrava ao último deles.

"Me dê isso", disse Sachiko.

Mariko continuava segurando o gatinho. Sachiko, dando um passo adiante, estendeu a mão. A menina virou o rosto na minha direção.

"Este é o Atsu", ela disse. "Quer ele, Etsuko-San? Este é o Atsu."

"Me dê esse bicho, Mariko", disse Sachiko. "Não entende que não passa de um animal? Não consegue entender isso, Mariko? Você ainda é mesmo uma criancinha? Não é o seu bebê, é só um bicho, igual a um rato ou uma cobra. Agora me dê isso."

Mariko olhou fixamente para a mãe. Depois, devagar, baixou o gatinho e deixou que ele caísse no tatame a seus pés. O gatinho lutou enquanto Sachiko o levantava do chão. Jogou-o no caixote de verduras e fechou a tela de arame.

"Fique aqui", disse para a filha, pegando o caixote. E, ao passar por mim: "Isso é tão idiota, são só uns animais, que diferença eles fazem?".

Mariko levantou-se e fez menção de seguir a mãe. Sachiko virou-se para trás na entrada e disse: "Faça o que mandei. Fique aqui".

Por alguns instantes, Mariko permaneceu no limite do tatame, olhando para a entrada onde sua mãe desaparecera.

"Espere por sua mãe aqui, Mariko-San", eu lhe disse.

A menina se voltou para me olhar. No momento seguinte já não estava lá.

Fiquei imóvel durante um ou dois minutos. Por fim, me levantei e calcei as sandálias. Da entrada, podia ver Sachiko na margem do rio, com o caixote de verduras a seus pés; aparentemente não vira a filha alguns metros atrás dela, no ponto em que começava uma descida abrupta. Saí do chalé e caminhei até onde estava Mariko.

"Vamos voltar para casa, Mariko-San", eu disse com delicadeza.

Os olhos da menina continuavam cravados na mãe, o rosto sem expressar nenhuma emoção. Mais abaixo e à nossa frente, Sachiko se ajoelhou cuidadosamente na beira d'água e puxou o caixote mais para perto.

"Vamos entrar, Mariko", eu disse de novo, mas a menina continuou a me ignorar. Deixei-a ali e desci a ribanceira lamacenta até onde Sachiko estava ajoelhada. O sol poente era visível em meio às árvores na margem oposta, os juncos que cresciam junto à água projetavam longas sombras no solo lodoso ao nosso redor. Sachiko se ajoelhara sobre uns tufos de capim, mas eles também estavam cobertos de lama.

"Você não pode soltá-los?", eu disse baixinho. "Nunca se sabe. Alguém pode querer ficar com eles."

Sachiko estava olhando para dentro do caixote de verduras através da tela de arame. Abriu-o, pegou um gatinho e fechou o caixote de novo. Segurou o bichinho com ambas as mãos, examinou-o por alguns segundos e depois me encarou.

"Não passa de um animal, Etsuko. Só isso."

Mergulhou o gatinho dentro do rio e o manteve lá. Assim ficou durante vários segundos, contemplando a água, as duas mãos sob a superfície. Ela vestia um quimono simples de verão, e as pontas das mangas tocavam a água.

Então, pela primeira vez, sem tirar as mãos de dentro da água, Sachiko deu uma olhada por cima do ombro na direção da filha. Segui instintivamente seu olhar, e por um breve momento nós duas fitamos Mariko. A menina estava no topo da ribanceira, observando tudo sem manifestar nenhuma emoção. Ao ver que o rosto da mãe estava voltado para ela, moveu ligeiramente a cabeça e de novo ficou imóvel, com as mãos atrás das costas.

Sachiko levantou as mãos de dentro da água e olhou para o gatinho, que ainda segurava. Aproximou-o do rosto, a água correndo por seus pulsos e braços.

"Ainda está vivo", ela disse, a voz cansada. Depois se voltou para mim e falou: "Olhe essa água, Etsuko. É tão suja". Com ar de nojo, deixou o gatinho empapado cair de novo dentro do caixote e o fechou. "Como essas coisas lutam", resmungou, mostrando-me os pulsos arranhados. De algum modo, os cabelos de Sachiko tinham se molhado: um pingo e depois outro caíram de uma fina mecha que pendia em um lado do seu rosto.

Sachiko ajustou sua posição e então empurrou o caixote de verduras para dentro do rio. A fim de impedir que boiasse, inclinou-se para a frente e o manteve sob a superfície. A água chegou quase à metade da tela de arame. Continuou a segurar o caixote, finalmente o empurrando com as duas mãos. O caixote se afastou rio abaixo, boiando, balançou e afundou mais um pouco. Sachiko pôs-se de pé, e ambas ficamos observando o caixote, que continuou a boiar; entretanto, ao ser atingido pela corrente, começou a descer o rio com maior velocidade.

Olhei para trás quando meus olhos captaram algum movimento. Mariko correra vários metros ao longo da margem até alcançar um ponto em que a ribanceira se projetava para dentro do rio. Lá ficou contemplando o caixote que boiava, o rosto ainda sem registrar nenhuma emoção. O caixote enredou-se em alguns juncos, porém se liberou e seguiu viagem. Mariko começou a correr de novo. Mais adiante, parou para observar o caixote. Dessa vez, só uma pontinha era visível acima da superfície.

"Essa água é tão suja", disse Sachiko. Ela estava sacudindo as mãos para tirar a água. Espremeu a ponta de cada uma das mangas do quimono e depois varreu com os dedos a lama dos joelhos. "Vamos entrar, Etsuko. Os insetos estão ficando insuportáveis."

"Não devíamos buscar Mariko? Daqui a pouco vai escurecer." Sachiko voltou-se e chamou pela filha. Mariko agora estava a uns cinquenta metros de distância, ainda olhando para a água. Não pareceu ouvir, e Sachiko deu de ombros. "Ela acaba voltando. Agora preciso terminar de fazer as malas antes que escureça de vez."

Começou a subir a ribanceira em direção ao chalé.


Sachiko acendeu a lanterna e a pendurou numa trave baixa de madeira.

"Não se preocupe, Etsuko, ela vai voltar daqui a pouco."

Caminhou entre as coisas espalhadas pelo tatame e sentou-se, como antes, diante dos painéis abertos. Atrás dela, o sol se tornara pálido, desbotado.

Começou a guardar de novo as peças. Fiquei sentada do outro lado da sala, observando-a.

"Quais são seus planos agora?", perguntei. "O que vai fazer quando chegar a Kobe?"

"Tudo já foi acertado, Etsuko", ela respondeu sem levantar os olhos. "Não há por que se preocupar. Frank cuidou de tudo."

"Mas por que Kobe?"

"Tem amigos lá. Na base norte-americana. Arranjou um emprego num navio cargueiro, chega aos Estados Unidos em breve. De lá nos manda o dinheiro necessário, e vamos nos juntar a ele. Cuidou de tudo."

"Quer dizer que ele vai embora do Japão sem vocês?"

Sachiko riu.

"A gente precisa ser paciente, Etsuko. Logo que chegar aos Estados Unidos ele vai conseguir trabalho e mandar o dinheiro. É de longe a solução mais sensata. Afinal, vai ser muito mais fácil para ele arranjar um emprego quando estiver de volta ao seu país. Não me importo de esperar um pouco."

"Entendo."

"Ele tratou de tudo, Etsuko. Encontrou um lugar para ficarmos em Kobe e conseguiu que comprássemos passagens no navio quase pela metade do preço." Deu um suspiro. "Você não faz ideia de como estou feliz em sair daqui."

Sachiko continuou a arrumar as coisas. A luz pálida que vinha de fora iluminava um lado de seu rosto, mas as mãos e as mangas só eram visíveis com o brilho da lanterna. Era um efeito estranho.

"Acha que vai ficar muito tempo em Kobe?"

Sacudiu os ombros: "Estou preparada para ser paciente, Etsuko. A gente precisa ter paciência".

Na semiescuridão, eu não podia ver o que ela estava dobrando; parecia causar-lhe certa dificuldade, porque ela abriu e dobrou várias vezes.

"De qualquer modo, Etsuko, por que ele teria todo esse trabalhão se não fosse realmente sincero? Por que ter esse trabalho por minha causa? Às vezes, Etsuko, você parece duvidar. Devia estar feliz por mim. Finalmente as coisas estão se arranjando."

"É claro que estou feliz por você."

"Mas, na verdade, Etsuko, seria injusto começar a duvidar dele depois que teve todo esse trabalho. Muito injusto."

"É mesmo."

"E Mariko vai ser mais feliz lá. Não há melhor lugar para uma menina crescer do que os Estados Unidos. Lá ela pode fazer o que quiser na vida. Pode ser uma mulher de negócios. Ou estudar pintura na universidade e se tornar artista. Todas essas coisas são mais fáceis nos Estados Unidos, Etsuko. O Japão não é um bom lugar para uma moça. O que ela pode almejar aqui?"

Não respondi. Sachiko ergueu o olhar e soltou uma risadinha.

"Tente sorrir, Etsuko. Vai dar tudo certo no fim."

"Eu sei, tenho certeza de que vai dar certo."

"Claro que sim."

"Certo."

Durante um minuto ou um pouco mais, Sachiko seguiu arrumando as coisas. Então suas mãos ficaram imóveis e ela olhou para mim, do outro lado da sala, com o rosto curiosamente iluminado pelo sol e pela lanterna.

"Suponho que você ache que sou uma idiota", ela disse, baixinho. "Não é mesmo, Etsuko?"

Olhei para ela, um pouco surpresa.

"Me dei conta de que talvez nunca iremos para os Estados Unidos", ela disse. "E, mesmo se formos, sei que será difícil. Pensa que nunca soube disso?"

Não respondi nada, e continuamos a nos encarar.

"Mas, e daí?", prosseguiu Sachiko. "Que diferença faz? Por que não devo ir para Kobe? Afinal, Etsuko, o que eu tenho a perder? Não há nada para mim na casa do meu tio. Só uns quartos vazios, é tudo. Posso ficar sentada num daqueles quartos até envelhecer. Não há mais nada além disso. Só quartos vazios, nada mais. Você mesma sabe disso, Etsuko."

"Mas Mariko…", eu disse. "E a Mariko?"

"Mariko? Ela vai se dar bem. Vai ter que…" Sachiko continuou a me olhar fixamente na penumbra, um lado de seu rosto na sombra. Depois falou: "Você acha que em algum momento passa pela minha cabeça que eu sou uma boa mãe para ela?".

182

Permaneci em silêncio, e então, de repente, Sachiko riu.

"Por que estamos falando dessas coisas?", ela disse, e suas mãos voltaram a se ocupar. "Tudo vai dar certo, pode acreditar. Vou escrever quando chegar aos Estados Unidos. Talvez, Etsuko, você até vá nos visitar lá algum dia. Pode levar seu filho junto."

"É, pode ser."

"Talvez então você já tenha vários filhos."

"Eu sei", respondi, rindo meio sem jeito. "Nunca se sabe."

Sachiko soltou um suspiro e ergueu as duas mãos.

"Tanta coisa para arrumar!", ela murmurou. "Simplesmente vou ter que deixar uma parte para trás."

Fiquei lá sentada, observando-a.

"Se você quiser", eu disse por fim, "posso ir procurar a Mariko. Está ficando bem tarde."

"Só vai ficar cansada, Etsuko. Vou terminar de fazer as malas e, se ela ainda não tiver voltado, podemos ir juntas procurar por ela."

"Não, tudo bem. Vou ver se a encontro. Está quase escuro."

Sachiko levantou o olhar e deu de ombros.

"Talvez seja melhor levar a lanterna. É muito escorregadio na margem do rio."

Levantei e peguei a lanterna pendurada na trave. As sombras se moviam no chalé à medida que eu caminhava para a entrada. Quando estava saindo, olhei de volta para Sachiko. Podia ver apenas sua silhueta, sentada diante dos painéis abertos, o céu atrás dela já praticamente às escuras.

Os insetos seguiram minha lanterna enquanto eu caminhava pela margem do rio. Vez por outra, alguma criatura ficava presa lá dentro, o que me obrigava a parar e manter a lanterna imóvel até que ela escapasse.

Passado algum tempo, a pequena ponte surgiu na ribanceira à minha frente. Ao cruzá-la, parei um instante para contemplar o céu noturno. Segundo me recordo, um estranho sentimento de tranquilidade tomou conta de mim em cima da ponte. Fiquei lá por alguns minutos, debruçada sobre o parapeito da ponte, ouvindo os sons do rio sob meus pés. Quando finalmente dei meia--volta, vi minha sombra projetada pela luz da lanterna nas tábuas da ponte.

"O que você está fazendo aqui?", perguntei, porque a menina se encontrava diante de mim, acocorada no parapeito oposto. Avancei alguns passos até poder vê-la mais claramente sob a lanterna. Ela olhava para as palmas das mãos, e não disse nada.

"O que aconteceu com você?", perguntei. "Por que está sentada aqui desse jeito?"

Os insetos se agrupavam em torno da lanterna. Descansei-a no chão à minha frente, e o rosto da criança ficou mais iluminado. Após longo silêncio, Mariko disse: "Não quero ir embora. Não quero ir embora amanhã".

Suspirei.

"Mas você vai gostar. Todo mundo tem um pouco de medo de coisas novas. Você vai gostar de lá."

"Não quero ir embora. Não gosto dele. Ele é um porco."

"Você não deve falar assim", eu disse, irritada.

Encaramo-nos por alguns segundos, então ela voltou a olhar para as mãos.

"Não deve falar desse modo", eu disse com mais calma. "Ele gosta muito de você, vai ser como um novo pai. Prometo que tudo vai correr bem."

A criança nada disse. Voltei a suspirar.

"De qualquer maneira", continuei, "se você não gostar de lá, sempre podemos voltar."

Dessa vez ela ergueu a vista para mim, com uma expressão interrogativa.

"É, eu prometo", repeti. "Se não gostar de lá, voltamos imediatamente. Mas você tem que tentar para ver se gostamos de lá. Tenho certeza de que vamos gostar."

A menina me olhava atentamente.

"Por que você está segurando isso?", ela perguntou.

"Isso? Grudou na minha sandália, nada mais."

"Por que está segurando isso?"

"Eu já disse. Agarrou no meu pé. O que tem de errado com você?" Soltei uma risadinha. "Por que está me olhando desse jeito? Não vou te machucar."

Sem tirar os olhos de mim, ela ficou de pé lentamente.

"O que tem de errado com você?", repeti.

A criança começou a correr, seus passos martelando as tábuas. Parou no fim da ponte, olhando-me com ar desconfiado. Sorri para ela e peguei a lanterna. Ela começou a correr de novo.

Uma meia-lua aparecera sobre o rio e, durante muito tempo em silêncio, permaneci na ponte, contemplando o céu. Em determinado momento, apesar das trevas, pensei ver Mariko correndo ao longo da margem, rumo ao chalé.

## 11.

De início, eu estava certa de que alguém passara ao lado da minha cama e saíra do quarto, fechando a porta com cuidado para não fazer barulho. Então fiquei mais desperta e me dei conta de como essa ideia era fantasiosa.

Continuei deitada, atenta para ver se escutava outros ruídos. Obviamente, tinha ouvido Niki no quarto ao lado; ela se queixara durante o dia todo de não conseguir dormir bem. Ou, quem sabe, talvez não tivesse sido ruído nenhum, eu acordara mais uma vez cedinho por mero hábito.

De fora me chegou o som de pássaros, embora o quarto continuasse às escuras. Depois de vários minutos, levantei-me e achei o roupão. Ao abrir a porta, a luz externa era pálida. Dei alguns passos e, quase por instinto, olhei de relance para o lado do corredor onde ficava a porta do quarto de Keiko.

E então, por um instante, tive certeza de ter ouvido um som vindo de lá. Um som baixo porém claro, em meio à cantoria dos passarinhos. Fiquei parada, escutando, depois comecei a caminhar em direção à porta. Ouvi mais ruídos, e compreendi que vinham da cozinha, do andar de baixo. Permaneci no corredor algum tempo, depois desci a escada.

Niki vinha saindo da cozinha e teve um sobressalto ao me ver.

"Ah, mamãe. Você me deu um tremendo susto!"

Na penumbra do hall de entrada, eu podia ver sua figura magra num roupão de tecido claro, segurando uma xícara com ambas as mãos.

"Desculpe, Niki. Pensei que podia ser um ladrão."

Minha filha respirou fundo, mas ainda parecia assustada.

Então ela disse: "Não consegui dormir muito bem. Por isso, achei que era melhor fazer um café".

"Que horas são?"

"Umas cinco, eu acho."

Ela foi para a sala de visitas, deixando-me no pé da escada. Entrei na cozinha para preparar um café antes de juntar-me a ela. Na sala de visitas, Niki abrira as cortinas e estava sentada com a cadeira ao contrário, o espaldar entre as pernas. Contemplava o jardim com um olhar vazio. A luz cinzenta que vinha da janela iluminava seu rosto.

"Será que vai chover de novo?", perguntei.

Ela deu de ombros e continuou a olhar pela janela. Sentei-me junto à lareira e a observei. Ela então soltou um suspiro cansado e disse:

"Não consigo dormir direito. Fico tendo pesadelos o tempo todo."

"Isso é preocupante, Niki. Na sua idade, não devia ter problemas para dormir."

Ela não disse nada e continuou a contemplar o jardim.

"Que tipo de pesadelos você tem?"

"Ah, só pesadelos."

"Pesadelos sobre o quê, Niki?"

"Só pesadelos", ela respondeu, de repente irritada. "Qual o interesse em saber sobre o que eles são?"

Ficamos em silêncio por um momento. Depois Niki disse, sem se virar:

"Acho que papai devia ter cuidado dela um pouco mais, não devia? Ele a ignorou a maior parte do tempo. Na verdade, não foi justo."

Esperei para ver se ela ia falar mais. Então eu disse: "Bem, é bastante compreensível. Afinal, ele não era o pai verdadeiro dela".

"Mas não foi correto."

Lá fora, eu podia ver que o dia tinha quase clareado. Um pássaro solitário pipilava perto da janela.

"Seu pai às vezes era muito idealista", eu disse. "Naqueles tempos, você precisa entender, ele acreditava realmente que poderia dar a ela uma vida feliz aqui."

Niki sacudiu os ombros. Observei-a por mais alguns momentos, e depois disse: "Mas, veja bem, Niki, eu sempre soube. Sempre soube que ela não seria feliz aqui. Mas decidi trazê-la assim mesmo".

Minha filha pareceu refletir sobre isso algum tempo. "Não seja tola", ela disse, virando-se na minha direção. "Como você poderia saber? E fez tudo o que podia por ela. Você é a última pessoa que alguém poderia culpar."

Permaneci em silêncio. Seu rosto, sem nenhuma maquiagem, parecia muito jovem.

"De todo modo", ela disse, "às vezes a gente tem que se arriscar. Você fez exatamente a coisa certa. Não podia ficar vendo sua vida se esvair à toa."

Pousei a xícara de café e olhei para o jardim, mais além de onde ela estava. Não havia sinal de chuva, o céu parecia mais limpo que nas manhãs anteriores.

"Teria sido tão estúpido", Niki continuou, "se você tivesse aceitado as coisas como eram e ficado por lá. Ao menos fez um esforço."

"É a sua opinião. Agora, vamos parar de falar sobre isso."

"É tão estúpido o modo como as pessoas jogam a vida fora!"

"Vamos parar de falar nisso", eu disse com mais firmeza. "Não faz sentido remoer tudo agora."

Minha filha me deu as costas de novo. Ficamos por um tempo sentadas, sem falar nada, até eu me levantar e ir à janela.

"Parece que teremos uma manhã bem melhor hoje", eu disse. "Talvez o sol apareça. Nesse caso, Niki, poderíamos fazer uma caminhada. Seria ótimo para nós duas."

"Acho que sim", ela balbuciou.

Ao sair da sala de visitas, minha filha ainda estava sentada ao contrário na cadeira, o queixo apoiado numa das mãos, contemplando o jardim com o olhar perdido.

Quando o telefone tocou, Niki e eu terminávamos o café da manhã na cozinha. Ele tinha tocado com tanta frequência durante os dias anteriores que parecia natural que lhe coubesse atender. Quando ela voltou, o café esfriara.

"Suas amigas outra vez?"

Ela fez que sim com a cabeça, e foi aquecer o bule.

"Na verdade, mamãe, vou precisar voltar esta tarde. Está bem?"

Ela estava de pé, com uma das mãos na alça do bule e a outra no quadril.

"Claro que sim. Foi muito bom ter você aqui, Niki."

"Venho ver você em breve. Mas preciso mesmo voltar agora."

"Não tem por que se desculpar. É muito importante que você agora viva sua própria vida."

Niki me deu as costas e ficou esperando o bule aquecer. As janelas acima da pia estavam um pouco embaçadas, mas lá fora o sol brilhava. Niki serviu-se do café e sentou à mesa.

"Ah, aliás, mamãe. Sabe aquela amiga de que lhe falei, a que está escrevendo o poema sobre você?"

Sorri.

"Ah, sei, sua amiga."

"Ela quer que eu leve uma fotografia ou alguma coisa sua. De Nagasaki. Você tem? Um velho cartão-postal ou algo assim."

"Acho que posso encontrar alguma coisa para você. Que absurdo", soltei uma risada, "o que é que ela pode estar escrevendo sobre mim?"

"Ela é uma poeta muito boa. Sofreu um bocado, sabe? Por isso é que falei com ela sobre você."

"Tenho certeza de que vai escrever um poema maravilhoso, Niki."

"Só um velho cartão-postal, alguma coisa assim. Para que ela possa ver como era tudo."

"Bem, Niki, não sei se é assim necessário mostrar tudo como era. Precisa mesmo?"

"Você sabe o que eu quero dizer."

Ri de novo.

"Vou procurar mais tarde."

Niki estava passando manteiga numa torrada, mas começou a raspar parte da manteiga. Minha filha é magra desde criança, e a ideia de que se preocupava em não engordar me divertiu. Observei-a por um momento.

"De todo modo", acabei dizendo, "é uma pena que você vá hoje. Eu ia sugerir que fôssemos ao cinema à noite."

"Ao cinema? Por quê, o que está passando?"

"Não conheço o tipo de filme que passa hoje em dia. Esperava que você soubesse mais sobre isso."

"Na verdade, mamãe, faz séculos que não vemos um filme juntas, não é mesmo? Desde que eu era pequena." Niki sorriu e, por um instante, seu rosto parecia o de uma criança. Depois deixou a faca e examinou a xícara de café. "Também não vou muito ao cinema", ela disse. "Há muitos filmes para ver em Londres, mas não vamos muito."

"Bem, se você prefere, sempre há o teatro. O ônibus agora leva até o teatro. Não sei o que está em cartaz, mas podíamos saber. Esse aí não é o jornal local, bem atrás de você?"

"Bom, mamãe, não se dê ao trabalho de procurar. Não vai adiantar."

"Acho que às vezes encenam boas peças. Algumas bem modernas. Vai dizer no jornal."

"Não adianta, mamãe. Tenho que voltar hoje de qualquer maneira. Gostaria de ficar, mas tenho mesmo que voltar."

"Claro, Niki. Não precisa se desculpar." Sorri para ela, do outro lado da mesa. "Para dizer a verdade, para mim é um grande alívio saber que você tem boas amigas com quem gosta de ficar. Sempre será bem-vinda se trouxer alguma delas aqui."

"Eu sei, mamãe, obrigada."


O quarto que Niki vinha usando era pequeno e tinha pouca mobília; o sol entrava com força naquela manhã.

"Será que isso basta para sua amiga?", perguntei da porta. Niki estava fazendo a mala sobre a cama, e olhou de relance para o calendário que eu desencavara. "Perfeito", ela disse.

Entrei no quarto. Da janela eu podia ver o pomar e as fileiras bem retinhas de árvores ainda finas, plantadas pouco antes. O calendário que eu segurava exibia originalmente uma foto para cada mês, porém só a última não tinha sido arrancada. Examinei por alguns instantes a fotografia que restara.

"Não me dê algo que seja importante", disse Niki. "Se não tiver nada, não faz mal."

Ri e pus a foto na cama, junto às outras coisas dela.

"É só um velho calendário, nada mais. Não tenho ideia de por que o guardei."

Niki empurrou alguns cabelos para trás da orelha, depois continuou a fazer a mala.

"Suponho", eu disse pouco depois, "que você planeje continuar morando em Londres."

Ela deu de ombros.

"Bem, estou bastante feliz lá."

"Mande lembranças minhas a todas as suas amigas."

"Está bem, vou fazer isso."

"E ao David. É assim que ele se chama, não?"

Ela fez um sinal de indiferença com os ombros, sem nada dizer. Tinha trazido três pares de botas, e agora lutava para encontrar lugar para elas na mala.

"Entendo, Niki, que você ainda não tem planos de se casar."

"Para que eu ia querer me casar?"

"Só estava perguntando."

"Por que teria de me casar? Por qual motivo?"

"Você só planeja seguir assim... continuar a morar em Londres. É isso?"

"Bom, para que iria me casar? Isso é uma idiotice, mamãe." Ela enrolou o calendário e o guardou na mala. "Muitas mulheres sofrem lavagem cerebral. Acham que tudo o que existe na vida é casar e ter uma porção de filhos."

Continuei a observá-la. Depois disse: "Mas, no fim, Niki, não há muito mais que isso".

"Meu Deus, mamãe, há muitas coisas que eu posso fazer. Não quero ficar atolada em algum lugar com um marido e um monte de crianças berrando. Por que de repente você resolveu falar sobre isso, hein?"

A mala não fechava. Ela a empurrou, impaciente.

"Só estava querendo saber quais são os seus planos, Niki",

eu disse, rindo. "Não precisa ficar tão zangada. Naturalmente, você deve fazer o que quiser."

Ela abriu a mala de novo e rearrumou parte do conteúdo.

"Ora, Niki, não precisa ficar tão aborrecida."

Dessa vez, ela conseguiu fechar a mala.

"Só Deus sabe por que eu trouxe tanta coisa", balbuciou para si própria.


"O que você diz às pessoas, mamãe?", Niki perguntou. "O que é que você responde quando querem saber onde eu estou?"

Como minha filha decidira que só precisava ir embora depois do almoço, tínhamos saído para andar pelo pomar nos fundos da casa. O sol ainda brilhava, mas o ar estava bem friozinho. Lancei um olhar interrogativo para Niki.

"Só falo que está morando em Londres, Niki. Não é a verdade?"

"Acredito que seja. Mas não perguntam o que eu estou fazendo? Como a sra. Waters, outro dia?"

"É, às vezes perguntam. Falo que você está morando com amigas. Na verdade, Niki, não tinha a menor ideia de que você ficasse tão preocupada com o que as pessoas pensam sobre você."

"E não fico."

Continuamos a caminhar lentamente. Em muitos lugares, a terra estava encharcada.

"Acho que você não gosta muito não é, mamãe?"

"Do quê, Niki?"

"Do modo como são as coisas comigo. Não gosta que eu more longe. Com David e tudo isso."

Tínhamos chegado ao fim do pomar. Niki saiu de uma pequena aleia sinuosa e atravessou para o outro lado, na direção da porteira que dava para um campo. Fui atrás dela. O campo, plantado com capim, era grande e subia aos poucos ao abrir-se diante de nós. No topo, podíamos ver dois sicômoros magros contra o céu.

"Não tenho vergonha de você, Niki. Você tem que viver como acha melhor."

Minha filha estava contemplando o campo.

"Eles costumavam manter cavalos aqui, não é mesmo?", ela disse, descansando os braços na porteira.

Olhei, mas não havia nenhum cavalo à vista.

"Você sabe, é estranho", eu disse. "Lembro que, quando me casei pela primeira vez, houve muita discussão porque meu marido não queria morar com o pai. Naqueles tempos, sabe, esse ainda era o costume no Japão. Discutimos muito a questão."

"Aposto que você ficou aliviada", disse Niki, sem afastar os olhos do campo.

"Aliviada? Com o quê?"

"De não ter que morar com o pai dele."

"Pelo contrário, Niki. Eu teria ficado feliz se ele morasse conosco. Além disso, era viúvo. O velho costume japonês não tem nada de ruim."

"Obviamente, você diz isso agora. Mas aposto que não foi o que pensou na época."

"Ora, Niki, você não entende mesmo. Eu gostava muito do meu sogro." Olhei para ela, e por fim soltei uma risada. "Talvez você tenha razão. Talvez eu tenha ficado aliviada por ele não ter ido morar conosco. Não me lembro agora."

Inclinei-me e toquei no alto da porteira. Meus dedos ficaram um pouco úmidos. Dei-me conta de que Niki me observava e ergui a mão para lhe mostrar.

"Ainda tem um resto de geada", eu disse.

"Você ainda pensa muito no Japão, mamãe?"

"Acho que sim." Virei-me na direção do campo. "Tenho algumas recordações."

Dois pôneis tinham surgido perto dos sicômoros. Ficaram imóveis por algum tempo sob o sol, lado a lado.

"Aquele calendário que dei para você hoje de manhã. É uma vista do porto de Nagasaki. De manhã eu estava pensando no dia em que fui lá a passeio. Aqueles morros acima do porto são muito bonitos."

Os pôneis moveram-se lentamente para trás das árvores.

"O que foi tão especial?", perguntou Niki.

"Especial?"

"No dia em que você passou no porto."

"Ah, nada de especial. Só estava lembrando, nada mais. A Keiko estava feliz naquele dia. Andamos nos bondinhos." Dei uma risada e me voltei para Niki. "Não, não houve nada especial. É só uma lembrança feliz, isso é tudo."

Minha filha suspirou.

"É tão quieto aqui", ela disse. "Não lembrava que era assim tão quieto."

"É, deve parecer quieto depois de Londres."

"Imagino que às vezes fique um pouco chato, você aqui sozinha…"

"Mas eu gosto do silêncio, Niki. Sempre penso que aqui é a Inglaterra de verdade."

Dei as costas ao campo e, durante alguns segundos, olhei para o pomar atrás de nós.

"Nenhuma dessas árvores estava aqui quando chegamos. Só havia os campos, dava para ver a casa daqui. Quando seu pai me trouxe para cá, Niki, lembro que pensei como tudo parecia a verdadeira Inglaterra. Todos aqueles campos, e também a casa. Foi como sempre imaginei que fosse a Inglaterra, e fiquei tão satisfeita!"

Niki respirou fundo e afastou-se da porteira.

"É melhor voltarmos", ela disse. "Tenho que ir embora daqui a pouco."

O céu se cobriu enquanto atravessávamos de volta o pomar.

"Outro dia eu estava pensando que talvez devesse vender a casa agora."

"Vender?"

"É, talvez mudar para algo menor. É só uma ideia."

"Você quer vender a casa?" Minha filha me olhou com ar preocupado. "Mas é uma casa tão simpática."

"Mas grande demais agora."

"Mas é uma ótima casa, mamãe. Seria uma pena."

"Acho que sim. Só me passou pela cabeça, Niki, nada demais."

Eu gostaria de tê-la levado à estação de trem — é uma caminhada de alguns poucos minutos —, mas essa ideia pareceu incomodá-la. Ela se foi depois do almoço com um ar estranhamente constrangido, como se estivesse indo embora sem minha aprovação. A tarde se tornara cinzenta e ventosa, e fiquei de pé na entrada enquanto Niki descia até o portão. Vestia as mesmas roupas bem justas com que chegara, e sua mala a fazia arrastar um pouco os pés. Quando chegou à calçada, Niki olhou para trás e pareceu surpresa ao me ver ainda de pé na porta. Sorri e acenei para ela.

ESTA OBRA FOI COMPOSTA EM ELECTRA PELA ACOMTE E IMPRESSA
EM OFSETE PELA GEOGRÁFICA SOBRE PAPEL PÓLEN NATURAL DA
SUZANO S.A. PARA A EDITORA SCHWARCZ EM FEVEREIRO DE 2025

A marca FSC® é a garantia de que a madeira utilizada na fabricação do papel deste livro provém de florestas que foram gerenciadas de maneira ambientalmente correta, socialmente justa e economicamente viável, além de outras fontes de origem controlada.